Uwe Goeritz

Sturm über den Stämmen

Bibliografische Information der Deutschen Nationalbibliothek:

Die Deutsche Nationalbibliothek verzeichnet diese Publikation in der Deutschen Nationalbibliografie; detaillierte bibliografische Daten sind im Internet über http://dnb.dnb.de abrufbar.

Coverbild: Uwe Goeritz

Herstellung und Verlag: BoD – Books on Demand, Norderstedt

ISBN: 978-3-7528-7710-6

Inhaltsverzeichnis

Sturm über den Stämmen

Irgendwo im Herzen Europas. Es ist das Jahr 376. Dies ist die Geschichte zweier Freundinnen, die durch die Wirren der Zeit, die wir heute fälschlicherweise als Völkerwanderung bezeichnen, an völlig neue Orte geraten. Auf der Flucht vor Hunger und Gewalt machen sie sich auf den Weg, der sie für immer trennen wird. Zwei starke Frauen, die, jede für sich, einen neuen, sicheren Platz im Leben suchen.

Getrieben durch die Angst vor den Reiterhorden aus Zentralasien, so wie zehntausende andere Menschen auch, versuchten sie zu überleben. Woher die Reiter kamen und aus welchem Grund sie nach Westen zogen, ist heute vollkommen unbekannt. Sie hinterließen keine Aufzeichnungen, nur die Sagen aus dieser Zeit und die Furcht vor allem Fremden blieben im Gedächtnis der Menschen zurück. Der Ruf „Die Hunnen kommen!" wurde für viele hundert Jahre zum Schreckensruf in Europa.

Die handelnden Figuren sind zu großen Teilen frei erfunden, aber die historischen Bezüge sind durch archäologische Ausgrabungen, Sagen und Überlieferungen belegt.

1. Kapitel

Ein kleines Dorf

Der erste Streifen in Rot war am Horizont gerade zu sehen. Noch war alles ruhig in dem kleinen Dorf, doch die ersten Tiere begannen sich zu räkeln und würden sich sicher gleich bemerkbar machen. Nicht weit entfernt floss ein breiter Strom durch das Land, den man später einmal Donau nennen wird. Die ehemals dichten Wälder waren schon vor Generationen den großen Feldern gewichen und der fruchtbare Boden hätte seine Stämme gut ernähren können, aber Unwetter und strenge Winter zerstörten oft weit vor der Ernte das Getreide. Der Hunger war ein alltäglicher Gast in dieser Gegend. Verstreut in einer Ebene liegen viele kleinere und größere Dörfer. In einem davon beginnt diese Geschichte. Das Dorf liegt an einem Waldausläufer. Von den Häusern aus ist der Fluss nicht zu sehen, nur manchmal zu hören.

Die Bewohner sind weder reich noch arm. Was sie erwirtschaften, das reicht gerade so zum Leben. Es genügt zum Überleben, nachdem sie die Abgaben an ihre Herren übergeben haben. Die Sonnenstrahlen fallen auf die weißen Fassaden der strohgedeckten Häuser. Eine Straße, mehr ein breiter Weg, zieht sich von Dorf zu Dorf, durch die ganze Ebene. Sie folgt dem Fluss von West nach Ost.

Die kleine Siedlung besteht aus ein paar Häuser aus Lehm, die rechts und links der Straße errichtet wurden. Direkt vor dem Loch in der Wand, das man nur ungefähr mit Fenster beschreiben konnte, eines dieser Häuser, begann der Hahn zu krähen. Eine junge Frau taucht aus dem Strohsack auf, auf dem sie geschlafen hatte, und hätte das Tier gern zu einer schmackhaften Suppe gemacht. Von der Küche aus rief die Mutter „Gerda!" und die Frau stand auf. Vor ein paar Tagen war sie achtzehn Jahre alt geworden und der Vater lief schon seit Wochen durch das Dorf und suchte einen Mann für sie.

Gerda rieb sich den Schlaf aus den Augen. Durch das Fenster konnte sie sehen, wie der Vater wieder einmal auf dem Feld stand, er ließ die großen, goldenen Ähren durch die Finger gleiten und schätzte vermutlich gerade ein, wie viel er hier ernten konnte und wie hoch damit seine Abgaben sein würden. Prüfend ging sein Blick zu den kleinen Wolken. Würden sie dieses Jahr Glück haben und die Ernte trocken in die Scheune bekommen? Er drehte sich um und kam zum Haus zurück, vor dem er zum Stall abschwenkte, der sich direkt an das Haus anschloss. Gerda verließ den Raum, in dem sie mit ihren Eltern schlief und ging in den angrenzenden Raum, der Küche und Wohnraum zugleich war. Nur zwei Räume hatte ihre Hütte, so wie die meisten hier.

Noch im Unterkleid, dass sie Nachts trug, half sie der Mutter in der Küche, dann kämmte sie ihr Haar, zog das Unterkleid aus und das Kleid an, nachdem sie sich in der Küche im Eimer gewaschen hatte. Jetzt im Sommer trug sie nur das luftige Kleid. Das Unterkleid darunter zu ziehen, das machte sie nur in den kalten Jahreszeiten. Zusammen mit der Mutter lief sie in den Stall, dabei bedachte sie den Hahn mit ein paar deftigen Schimpfwörtern, die das Tier aber mit Stolz erhobenen Kopf ertrug.

Im Stall war der Vater nun schon mit dem Ausmisten beschäftigt. Die beiden Frauen begannen mit dem Melken der vier Kühe. Wieder begann der Vater zu erzählen, wem er in die engere Wahl als Ehemann für Gerda genommen hatte. Die Tochter verdrehte die Augen, sagte aber nichts. Was hätte sie auch sagen können? Den Vater anbetteln, es sich doch noch mal anders zu überlegen? Schließlich war sie das einzige Kind und wenn sie weg war, wer würde dann den Hof führen? Vielleicht würde der Vater noch selbst zur Einsicht kommen.

Schließlich waren die Eimer voll und die Euter leer. Diese Arbeit war erst mal erledigt. Schon ging es im Schweinestall weiter, aber der war alleine Gerdas Revier. Sie strich den Schweinen über den Kopf, machte den Trog voll und holte frisches Wasser vom Brunnen. Dort traf sie Claudia, die Tochter des Nachbarn, die dieser noch in der nächsten Woche mit dem Dorfschmied verheiraten wollte. Trotz des Durstes der Tiere blieb ein wenig Zeit für einen Plausch unter Frauen. Obwohl sie sich erst am Tag zuvor abends hier verabschiedet hatten, gab es doch schon wieder so viel zu erzählen. Schließlich bereitete Claudia ihre Hochzeit vor und auch Gerda sollte einen kleinen Anteil an den Vorbereitungen treffen. Wieder war es Gerdas Mutter, die die Tochter lautstark an ihre Pflichten erinnern musste.

Sie schleppte den schweren Eimer zurück zum Stall und füllte den Wassernapf der Tiere. Gerda stützte sich auf das Gatter und schaute den Tieren zu. Später würde sie die Schweine in den kleinen Wald hinter dem Dorf führen, damit sie dort noch etwas zusätzliches Futter finden konnten. Die Frau griff zu der Mistgabel, die an der Seite stand, und stieg in das Gatter hinein. Mit ein paar schnellen Bewegungen kratzte sie den Mist auf einen Haufen, den sie dann zum Rand schob. Von dort war es nur ein kleiner Weg zu dem Haufen, der am anderen Ende des Hauses aufgeschichtet war.

Endlich war sie fertig, zumindest vorerst, und ging zurück in das Haus. Sie wusch sich schnell in einem Eimer die Hände und setzte sich an den Tisch. Nun, da die Tiere versorgt waren, konnten auch die Menschen essen. Es gab eine Suppe, in die der Hahn prima hinein gepasst hätte, wie die Frau fand. Wieder fing der Vater an, alle unverheirateten Männer des Dorfes aufzuzählen. Als er auch den

Schmied mit nannte, sagte Gerda „Der ist schon an Claudia verge-
ben." aber der Vater winkte ab „Noch nicht!" sagte er bestimmt und
sein Eifer machte ihr irgendwie Angst. Einige von den aufgezählten
Männern waren schon fast sechzig Jahre alt und wenn Gerda nicht
aufpasste, so war sie schneller verheiratet, als sie gedacht hatte.

Aber wie gesagt, sie hatte als Tochter sowieso keinen Einfluss darauf, wen sie heiraten würde und wann. Die Väter und Männer regel-
ten das unter sich und so manche Frau war nur aus Geschäftsgründen
an irgendjemanden verheiratet worden. Da hatte es Claudia mit ihrem
Schmied schon gut getroffen.

Gerda stützte den Kopf in die Hände und hörte nur noch halb hin,
was der Vater ihr erzählte. Sie sah die Mutter an, die dem Vater aufmerksam zuhörte und auch ein paar Einsprüche geltend machte. Erst
als verheiratete Frau würde Gerda ein paar Rechte haben und war
dann ihrem Manne fast gleichgestellt. Vielleicht wäre eine Hochzeit
ja dann doch nicht so schlecht. Schließlich stand sie auf und nahm die
Gerte mit, die in einer Ecke des Zimmers gestanden hatte. Langsam
ging sie, in Gedanken versunken, zum Gatter der Schweine hinüber.
Sie streichelte die Rüssel der Tiere und öffnete dann die Tür an der
Seite. Langsam gingen die drei Tiere in Richtung Wald. Gerda folgte
einfach. Wohin es ging, das bestimmten die Tiere selbst und solange
sie alle in dieselbe Richtung, und nicht zum Feld hinüber, gingen, war
es der Frau egal.

2. Kapitel

Flucht

Gerda saß am Waldrand in der Nähe ihres Dorfes. Es war ein schöner Sommertag und sie hatte aufzupassen, dass die drei Schweine nicht in das Kornfeld hinüber liefen. Mitten in der größten Hitze hatten sich die Tiere zu ihr gelegt, und so konnte sie auch ausruhen. Über dem Feld sah sie die Hitze in flirrenden Streifen. Ein einzelner Vogel kreiste in der Luft. Gerda legte die Hand über die Augen und versuchte so durch den dadurch entstandenen Schatten zu sehen, was für ein Tier es war. Vermutlich ein Bussard auf der Suche nach einer Mahlzeit. Die Wärme tat so gut, dass sie anfing zu dösen. Im Halbschlaf, mit wegen der Sonne zusammengekniffenen Augen, blickte sie über das ruhig daliegende Dorf. Die Blätter des Baumes über ihr warfen von Zeit zu Zeit ihre Schatten auf die Frau.

Mitten hinein in dieses Idyll hörte Gerda in einiger Entfernung Pferdehufe. Im Osten zeigte sich eine kleine Staubwolke, die immer näher kam und größer wurde. Es waren vermutlich sehr viele Tiere und so stand sie langsam auf, um zu sehen, wer da durch das Dorf reiten würde. Jenseits des Feldes konnte sie einige dunkel gekleidete Männer auf kleinen schnellen Pferden sehen. Noch bevor die Frau etwas sagen oder schreien konnte, hatten die vordersten Reiter das Dorf schon erreicht. Die ersten Pfeile flogen durch die Luft und Gerda sah, wie der Schmied vor seinem Haus, das ihr am nächsten lag, tödlich getroffen nach hinten umfiel. Sie hörte Schreie und Rufe aus dem Dorf.

„Was jetzt?" dachte die Frau und drehte sich zum Wald um. „Nur weg hier!" war ihr nächster Gedanke und so schnell sie konnte lief sie ein paar hundert Schritte in das Gehölz hinein. Dort versteckte sie sich im Unterholz. Das kleine Wäldchen konnte sie nicht wirklich

12

verstecken. Wenn die Reiter sie gesucht hätten, so wäre es sicher ein Leichtes für die Männer gewesen. Nicht einmal tausend Schritte im Durchmesser war dieses kleine Waldstück. In der Mitte befand sich eine flache Senke, in der Gerda schon als Kind gespielt hatte. Vollkommen in das Unterholz dieser Senke vergraben, lag sie da und regte sich nicht. Nicht einmal laut zu atmen wagte sie. So wartete sie eine ganze Weile, bis sie dachte, dass die Fremden sicher weg sein würden. Langsam und gebückt schlich sie zur Waldkante zurück. Still und friedlich lag das Dorf da und wenn dort auf dem Weg nicht der Schmied gelegen hätte, so hätte nichts im Dorf von dem Überfall erzählt.

Vorsichtig näherte sie sich den ersten Häusern. Es war alles still. Viel zu still. Kein Tier oder Mensch war zu hören. Gerade bog sie um die erste Hausecke und konnte den Weg entlang schauen, als eines der drei Schweine an ihr vorbei rannte. Gerda erschrak so sehr, dass sie zur Erleichterung lachen musste, auch wenn ihr gerade eigentlich nicht zum Lachen war. Die ganze Fläche vor den Häusern war leer. Nur ein einzelner Holzeimer lag mitten auf dem Weg.

Nichts und niemand waren zu sehen. Gerda lief zu ihrem Elternhaus und fand die Tür weit offen vor. „Hallo? Mutter!" rief sie, doch sie erhielt keine Antwort. Sie ging in die Küche und fand dort ihre Mutter tot und geschändet vor, auch der Vater lebte nicht mehr. Ihn fand sie im Stall. Die Tiere aus dem Dorf waren alle weg, bis auf die drei Schweine, die mit Gerda im Wald gewesen waren. „Nur weg hier!" war ihr einziger Gedanke. Sie wollte noch nicht mal die anderen Häuser durchsuchen. Sie lief zurück in die Küche und verweilte nur kurz neben der toten Mutter. Sie suchte schnell ein paar Dinge zusammen und stopfte sie in einen Beutel. Mit diesem in der Hand trat sie auf den Weg und überlegte, in welche Richtung sie gehen sollte. Die fremden Reiter waren von Osten gekommen, aber wohin waren sie weiter geritten? Nach Westen oder wieder zurück? Sie sah sich um, konnte aber keine Staubfahne mehr sehen.

Wieder hörte sie die Pferde in der Ferne und lief in die andere Richtung los. Sie lief immer schneller und doch schienen die Hufgeräusche unaufhörlich näher zu kommen. Gerda warf den Beutel weg, raffte ihr Kleid hoch und rannte so schnell, wie es nur ging. Nur fort hier! Zu beiden Seiten war das Feld, dass ihr keinen Schutz geben konnte, der kleine Wald lag schon viel zu weit hinter ihr und auch da hätte sie keinen Schutz für längere Zeit gehabt. Immer mehr trieb das Geräusch sie voran und sie wagte nicht, sich umzudrehen. Schließlich stolperte sie, fiel hin und schaut im Liegen zurück. Ein paar Dutzend der kleinen Pferde, mit den Reitern darauf, waren hinter ihr. Gerade waren sie am Dorf vorbei und schienen sie zu verfolgen. Hatten sie die Frau im Dorf beobachtet?

So schnell es ging stand sie auf und rannte weiter, doch einen Wettlauf mit einem Pferd konnte sie nicht gewinnen. Schon bald hatten die Männer sie eingeholt und Gerda hob schützend ihre Arme, um die erwarteten Schläge abzuwehren. Aber konnte man Schwerthiebe mit den Händen abfangen? Sie schaute durch die gespreizten Finger hindurch zu dem Mann auf dem Pferd. Das Tier streifte sie und Gerda schwankte. Der Mann griff nach ihr und riss sie an den erhobenen Armen in die Höhe. Er warf sie vor sich auf sein Pferd, so dass ihre Arme auf der Einen und die Beine auf der anderen Seite herunter hingen. Nun ging es im Galopp weiter. Die Frau drehte den Kopf und sah den Mann an. Er hatte einen schwarzen Bart und schwarze Haare, die er zu einem langen Zopf geflochten hatte, diesen hatte er nach vorn über seine Schulter gezogen. Die dunkle Haut seines Gesichts hatte die Farbe von Lehm und er hatte ganz schmale Augen, die den Weg und sie zugleich immer im Blick hatten. Etwas Geheimnisvolles strahlten diese Augen aus.

Er hatte ihre Hüfte gepackt und hielt sie so mit einer Hand auf dem Pferd fest, während er das Tier mit der anderen führte. Seine Hand krallte sich durch das Kleid in ihre Haut, aber sie war so erschrocken, dass sie zu keiner Regung fähig war. Das Pferd war nicht wirklich sehr groß und sie schaute auf den Boden des Weges, der unter ihr dahin sauste. Fast hätte sie mit den Händen den Boden berühren können. Immer weiter folgten sie dem Weg durch das Feld. Sie ritten eine ganze Weile, bis sie an ein Lager mit hunderten von Zelten kamen. Vor einen davon ließ der Mann Gerda vom Pferd gleiten und ein anderer Mann, der ähnlich angezogen war, aber keinen Bart trug, brachte sie in das Zelt, wo er sie mit einem Strick an einen Zeltpfahl band. So setzte sie sich und wartete, was wohl geschehen würde. „Was haben sie mit mir vor?" dachte sie.

Zumindest lebte sie noch. Jetzt erst rannen die ersten Tränen über ihr Gesicht. Wieder musste sie an die Mutter und den Vater denken, die jetzt erschlagen in dem Dorf lagen. Zuvor, auf der Flucht, hatte sie daran nicht denken können.

3. Kapitel

Für immer gefangen?

Immer noch saß die Frau in dem kleinen Zelt. Sie hatte sich an den Pfahl in der Mitte gelehnt, an den sie auch mit den Händen gefesselt war. Nur hier, direkt in der Mitte, konnte sie sitzen, für einen Schritt weiter hätte das Seil nicht gereicht. Es war genau so lang, dass sie sitzen konnte, ohne die Arme über dem Kopf halten zu müssen. Von draußen waren verschiedene Stimmen zu hören, von denen sie aber kein Wort verstand. Eine fremde, dunkel klingende, Sprache war es, die durch die Zeltwand an ihr Ohr drang.

Die Wache holte sie nach einer ganzen Weile der Angst und brachte Gerda über einen großen Platz, an dessen Seiten kleinere Zelte standen, zu dem größten Zelt hinüber. Der Mann ging sehr ruppig mit ihr um. Mehr als einmal stieß er ihr mit der Hand in den Rücken. Der Wachposten zeigte auf ihre Füße und sie verstand nicht, was er ihr damit sagen wollte. Dann tippte er mit der Spitze seines Schwertes auf ihre Schuhe und sie verstand. Gerda sollte vor dem Zelt ihre Schuhe ausziehen und stellte diese dann neben den Posten. Der Mann, der sie begleitet hatte, schlug die Plane am Eingang zurück, löste ihre Fesseln an den Händen und gab der Frau einen Stoß in den Rücken, so dass sie in das Zelt taumelte. Hinter ihr schloss sich der Vorhang wieder. In der Mitte blieb sie stehen und schaute sich um. Es war dämmrig, nur von oben fiel ein Sonnenstrahl herein, der genau über ihr war. Mitten darin stand sie und somit war die Umgebung nur noch dunkler für ihre Augen. Es gab hier keinen Pfahl in der Mitte, so wie es in dem anderen Zelt gewesen war. Eine nicht sichtbare Konstruktion hielt das Zelt aufrecht.

Sie stand auf einer Art von Decke, die anscheinend den ganzen Innenraum ausfüllte. Der Raum war sicher zehn Schritte im Durchmesser. Das Zelt war fast leer, nur direkt vor ihr saß, auf einer Art von Sessel, der Mann, der sie gefangengenommen hatte. Sie hatte ihn sofort an dem auffälligen Bart wieder erkannt. Der Mann saß eine Weile ruhig da, schaute sie an und sagte nichts, dann stand er auf und kam auf die Frau zu. Er war genauso groß wie sie und ging nun, mit einem federnden Gang, langsam um sie herum. Das machte er ein paar Mal, bis er vor ihr stehen blieb. Ganz dicht war er an sie heran getreten, so dass sie seinen Atem spüren konnte. Für ein paar Augenblicke standen sie so, Auge in Auge.

Dann griff er mit einer schnellen Bewegung seiner beiden Hände zum Kragen ihres Kleides und mit einem lauten Geräusch riss er ihr das Kleid bis zum Nabel auf. Von selbst rutschte der Stoff über ihre Schultern und Hüften zum Boden herunter. Gerda versuchte ihre Blöße mit beiden Händen zu bedecken, doch der Mann zog ihr die Hände weg. Er strich durch ihr langes, blondes Haar. Dann griff er zu ihren nackten Schultern und zog sie einen Schritt nach vorn, so dass sie nicht mehr in dem Kleid stand, das er mit dem Fuß zur Seite schob. Wieder sah er sie an und setzte dann seine Umkreisung fort. Seine Finger strichen an ihrem Körper entlang. Über den Bauch zu ihren Hüften, zum Rücken und wieder über ihren Bauch. Von allen Seiten betrachtete er sie und wieder blieb er vor ihr stehen. Wieder sah er in ihre Augen und griff dann erneut zu Gerdas Schultern. Doch diesmal zog er sie nicht, sondern zwang sie mit starken Händen auf die Knie und noch weiter, bis sich Fersen und Hintern der Frau berührten. Sie sah zu ihm auf. Was würde nun kommen? Sie hatte eine Befürchtung, die sich hoffentlich nicht bewahrheiten würde, doch sie konnte sich nicht mehr bewegen. Willenlos war sie ihm ausgeliefert.

Erneut begann er, um sie herum zu gehen und sie zu beobachten, doch während er das tat, entkleidete er sich langsam, bis er nach drei Runden genauso nackt wie sie war und vor ihr stand. Gerdas Blick lag direkt auf seiner Körpermitte, die sie direkt vor der Nase hatte. Sie versuchte keine Regung zu zeigen und dies gefiel dem Mann offensichtlich. Er trat hinter sie und strich ihr die Haare aus dem Rücken, so dass sie über die Schultern nach vorn fielen und nun ihre Brust bedeckten.

Der Mann kniete sich direkt hinter sie und sie spürte nun seinen Atem im Nacken. Seine Finger glitten über ihren Rücken und zogen die Linie ihrer Wirbelsäule nach. Langsam, fast liebevoll streichelte er ihre gesamte Rückseite, die er direkt vor sich hatte. Gerda hielt den Atem an, als er über ihren Hintern wieder nach oben kam und seine Hände auf ihren Schultern zu liegen kamen. Mit derselben Kraft, mit der er sie auf die Knie gedrückt hatte, drückte er nun ihren Oberkörper nach vorn, bis sie mit dem Gesicht die Decke auf dem Boden berührte. Sie leistete keine Gegenwehr, denn das hätte sicher nur den Zorn des Mannes ausgelöst.

Einen Moment verweilte er einfach so, dann glitten seine Hände über ihren Rücken zurück zu ihren Hüften. Fast streichelnd glitten seine Finger über sie hinweg. Der Mann zog sie an sich und ein jäher Schmerz bohrte sich in sie. Es raubte ihr den Atem und gleichzeitig wollte sie vor Schmerz schreien, als er sich schnaufend an ihr verging. Aber sie war zu keiner Regung fähig, den Mund zum Schrei aufgerissen, aus dem doch kein Laut kam, konnte sie vor lauter Schmerzen nichts tun, als zu warten, das es endet. Das er beendet, was er gerade mit ihr tat. Mit einem Brüllen, das von einem wilden Tier stammen konnte, ließ er von ihr ab, aber der Schmerz blieb. Der Mann zog sich wieder an, während Gerda noch vor ihm kniete.

Er setzte sich zurück in den Sessel und sagte mit einem kehligen Akzent, aber in Gerdas Sprache, „Jetzt bist du mein. Ich habe dich zugeritten." Noch immer konnte sie sich nicht richtig bewegen, nur den Kopf konnte sie heben. Sie starrte den Mann an und wusste nicht,

18

was gerade mit ihr passierte. Eigentlich hätte sie ihn für das, was er ihr gerade angetan hatte, hassen müssen, doch tief drin in ihr war noch ein anderes Gefühl. Das kannte sie noch nicht und sie fühlte sich zu diesem Mann hingezogen. Mühsam richtete sie sich auf. Der Schmerz durchzuckte sie bei jeder Bewegung.

Tausend Gedanken schossen durch ihren Kopf. Hätte sie fliehen sollen? Wohin? Hätte sie sich wehren sollen? Was wäre die Antwort von ihm gewesen? Schwankend stand sie da. Als sie das Kleid aufheben wollte, spürte sie ihr Blut an ihrem Schenkel herunter laufen. Der Mann machte eine Handbewegung, die sie zum Verlassen des Zeltes aufforderte. Mit verwirrenden Gefühlen wendete sie sich dem Ausgang zu.

Sie warf sich das Kleid über und taumelte nach draußen, wo sie die Wache erwartete, die sie wieder zurück in das andere Zelt bringen würde. Gerade im letzten Moment dachte sie noch daran, ihre Schuhe mitzunehmen. Die Schuhe in der einen Hand und mit der Anderen das zerrissene Kleid vor der Brust zusammenhaltend, ging sie an der Seite des Mannes. Unterwegs dachte sie daran, ob sie wohl hier für immer gefangen sein würde. Was würde nun mit ihr geschehen? Sie sah weder nach rechts noch nach links. Taumelnd lief sie den Weg entlang, bis sie wieder vor dem anderen Zelt stand. Der Mann schob sie durch den Eingang hinein. Als sich der Vorhang hinter ihr schloss, brach sie zusammen und blieb einfach liegen.

4. Kapitel

Gedanken der Angst

Sie erwachte unter Schmerzen und wusste für ein paar Augenblicke nicht, wo sie war. Dann erkannte sie das Zelt und erinnerte sich an all das, was vorher passiert war. Gerda schaute an sich herab und stellte fest, dass die Blutungen von selbst zum Stehen gekommen waren. Wie lange lag sie schon hier drin? War es noch derselbe Tag? Oder schon ein Anderer? Neben ihr standen ein Krug und etwas zu essen. Sie hatte keine Erinnerung, ob das schon vorher dort gestanden hatte, oder ob es erst in das Zelt gebracht wurde, als sie hier gelegen hatte. Die Frau stürzte sich darauf und verschlang das Essen, ohne richtig zu wissen, was es war.

Der Hunger hatte sie es richtig hineinschlingen lassen. Nun, da der Teller leer war, lehnte sie sich an den, in der Mitte des Zeltes stehenden, Pfahl. Erst jetzt stellte sie fest, dass ihre Hände gar nicht mehr gefesselt waren und sie ja in einem Zelt war. Sie hätte in alle Richtungen fliehen können, nur eine dünne Zeltwand trennte sie von der Freiheit. Der Posten stand vorn am Eingang. Sie konnte seinen Schatten sehen. Aber hinten stand vermutlich keiner! Sie drehte sich um und versuchte sich zu erinnern, ob hinter diesem Zelt noch andere Zelte gestanden hatten, doch es fiel ihr im Moment nicht ein.

Gerade als sie, mit wackeligen Beinen, leise nach hinten schlich hörte sie Geschrei von der anderen Seite. Sie ging wieder nach vorn und schaute durch einen Spalt des Einganges nach draußen. Ein paar der Männer jagten eine nackte Frau durch das Lager. Der Statur und der Haare nach konnte es Claudia sein, doch es war zu weit weg, um es genau sehen zu können. Einige Zelte verdeckten die Jagd, doch die panischen Schreie der Frau waren eindeutig. Gerda setzte sich wieder hin. So komisch es war, hier drin war sie im Moment sicher.

Sicher? Die Angst kroch in ihr hoch. Was hatte er mit ihr angestellt? Sie sah sich um, fand ein Stück Stoff und wischte sich das geronnene und eingetrocknete Blut von ihrem Bein ab. Würden die fremden Männer auch sie noch holen? Konnte sie irgendetwas dagegen tun? Sie stützte den Kopf in die Hände und saß einfach nur so da. Nichts konnte sie an ihrer Situation ändern. Ging sie raus, war sie verloren und hier drin hatte sie eine etwas größere Chance am Leben zu bleiben.

Hatte der Mann nicht gesagt, dass sie ihm gehörte? Vielleicht schützt er sie vor den anderen Männern. Konnte er das überhaupt? Vielleicht würde er sie ja auch mit den anderen teilen. Die unüberhörbaren Schreie ließen die Angst in ihren Körper sinken. Hin und hergerissen lehnte sie sich an dem Balken und zog die Knie an. Einfach so sitzen bleiben und an nichts denken. Das wäre es! Die Schmerzen am ganzen Körper ließen nur langsam nach. Sie legte ihre Arme um die Knie. Still begann sie zu weinen. Die Tränen liefen ihr die Wangen herunter und tropften auf den Kleiderstoff über ihren Knien. Immer mehr Gedanken kreisten in ihrem Kopf umher. Sie dachte an den Mann zurück. Sollte sie ihn hassen? Das hätte sie eigentlich gemusst, für das, was er ihr angetan hatte. Schließlich hatte er sie geschändet. Doch sie konnte es irgendwie nicht.

Was war da mit ihr in dem Zelt passiert? Der Mann hatte sie einfach nur umrundet und sie war zu keiner Regung, zu keinem Wort und keinem Laut mehr fähig gewesen. Sicher hatte er sie mit einem Bann belegt. So musste es gewesen sein! Der Mann war ein Zauberer, ein Magier. Er hatte sich ihr Wertvollstes genommen, sie einfach so geschändet und sie hatte sich nicht bewegen können. Ohne Gegenwehr hatte sie ihn gewähren lassen. Mit einer Handbewegung wischte sie ihre Tränen ab und lauschte nach draußen. Jetzt war alles ruhig. So als ob das Zelt, mit ihr darin, ganz alleine auf der Welt war und doch waren hunderte der Männer nur ein paar Schritte von ihr entfernt. Auch das Schreien der Frau war verstummt. Gerda lehnte sich zurück und konnte nur warten. Was würde der nächste Tag bringen? Neuer Schmerz? Oder die Freiheit? Würde sie die jemals wieder erlangen können? Oder würde der Mann sie töten, wenn er ihrer überdrüssig sein würde? Ein Geräusch war vor dem Zelt zu hören und sie zuckte zusammen.

Der Vorhang am Eingang wurde geöffnet, ein junger Mann warf ihr zwei Decken zu, dann nahm er Krug und Teller und verschwand damit, ohne ein Wort gesagt zu haben. Aber sie hätte ihn ja sowieso nicht verstehen können. Die Decken rochen nach Pferd, sicher sollten sie ihr Nachtlager sein. Die Frau breitete eine davon aus und deckte sich mit der anderen zu. Der Geruch war sehr stark. Offensichtlich hatte diese Männer eine sehr enge Bindung an ihre Pferde. Wie hatte der Mann in dem Zelt zu ihr gesagt? „Zugeritten." sie konnte sich jetzt noch über diese Bemerkung aufregen, aber für ihn war es wohl normal, so zu denken. „Vergewaltigt!" traf es viel besser. Mit Gewalt hatte er sie genommen. Doch da blieb auch noch eine andere Frage. Wieso kannte er überhaupt ihre Sprache?

Im Zelt liegend starrte sie auf die Zeltwand und lauschte nach draußen. Es wurde immer dunkler und nur der flackernde Schein von ein paar Fackeln drang in das Zelt hinein. Leises Murmeln und das vereinzelte Wiehern eines Pferdes waren zu hören. Schließlich fielen ihr die Augen zu und sie schlief endlich ein, nur um wenig später wieder aus dem Schlaf gerissen zu werden, als jemand sie an der Schulter berührte. Gerda schreckte auf und sah in das verweinte Gesicht von Claudia, die nackt vor ihr kniete. Jemand hatte eine Kerze in das Zelt gestellt, die in ihr Gesicht leuchtete.

Schnell rückte sie zur Seite und ließ die andere Frau mit unter ihre Decke. Die zwei Frauen kuschelten sich aneinander und Gerda konnte spüren, wie die Andere sich lautlos in den Schlaf weinte. Schließlich fielen ihr die Augen wieder zu. Es folgte ein Traum, in dem auch der fremde Mann eine Rolle zu spielen schien. Immer wieder sah sie sein Gesicht, mal näher und mal weiter entfernt. Immer wieder schreckte sie kurz hoch und immer wieder setzte sich, nach dem Einschlafen, der Traum an derselben Stelle fort, an der er kurz zuvor geendet hatte. So etwas war ihr noch nie passiert. Sonst hatte sie kaum einmal einen Traum und wenn, so konnte er sich kaum fortsetzen, hier im Zelt war aber anscheinend alles anders.

Als sie wieder erwachte, setzte sie sich auf, achtete aber darauf, dass Claudia zugedeckt blieb und weiterschlafen konnte. Sie sah die Kerze, die immer noch brannte. Sie hatte einfach vergessen sie zu löschen. Solche Kerzen hatte sie bisher nur in Tempeln gesehen. Vermutlich hatten die fremden Reiter sie dort erbeutet und nun brannte sie hier in ihrem Zelt. Wo kamen diese so fremdartig aussehenden Männer nur her? Sie dachte an Mutter und Vater, die sie tot in dem Haus gefunden hatte und an all die anderen, die vermutlich auch tot, geflohen oder, wie Claudia, entführt und geschändet worden waren. So wie sie auch selbst.

Still weinte sie und betete zu ihren Göttern, dass diese ihr beistehen sollten. Dann löschte sie die Kerze und legte sich wieder zu der Freundin unter die Decke. Nachdem nun die Kerze erloschen war, kam auch der Schlaf zurück und diesmal blieb er traumlos.

5. Kapitel

Ein Mann, ein Pferd

Der Morgen weckte die beiden Frauen in dem Zelt. Wenig später kam einer der Männer und brachte etwas zu essen. Er zog die eine Decke weg und griff zu der anderen, die sich Claudia umgelegt hatte, um ihre Blöße zu bedecken. Als sie diese nicht hergeben wollte, schlug er der Frau mit der flachen Hand kräftig ins Gesicht. Er schimpfte in einer fremden Sprache und verschwand dann mit beiden Decken aus dem Zelt. Wieder begann die Frau zu weinen. Gerda versuchte sie zu trösten und nahm sie in den Arm.

Erst jetzt konnte die Frau die blauen Flecken und Kratzer auf der Haut von Claudia sehen. Die Männer waren offensichtlich sehr ruppig mit ihr umgegangen, oder waren das noch Spuren der Gefangennahme im Dorf? Vielleicht hatte sich Claudia auch in der Siedlung heftig gewehrt. Sie war groß und kräftig. Durch die schwere Arbeit hatte sie Muskeln wie ein Mann, das war nun noch viel deutlicher zu sehen, da sie nackt war. Der Schmied hatte sie nicht umsonst ausgewählt gehabt. Jedoch gegen die Gewalt der Männer hatte sich auch die kräftige Frau nicht wiedersetzen können.

Gerda dachte daran, wie der Schmied, vor ihren Augen von den Pfeilen getroffen, zusammengebrochen war. Sie hatte am Vorabend gar nicht gefragt, wie die Andere in Gefangenschaft geraten war, aber war das wirklich wichtig? Nur eines zählte, dass sie noch am Leben waren. Aber wie lange noch? Sie wollte Claudia nicht mit ihren Ängsten beunruhigen, aber ging das überhaupt? Sicher hatten sich beide Frauen darüber Gedanken gemacht und so viel sie früher im Dorf miteinander gesprochen hatten, so wenig fanden sie hier auch nur ein Wort. Nichts kam über ihre Lippen, weder bei Gerda noch bei Claudia. Stumm lagen sie sich in den Armen.

Draußen begann ein großes Gejohle und Claudia zuckte zusammen. Mit vor Schreck starrem Blick sah sie zum Eingang, doch nichts passierte. Vermutlich hatte sie erwartet, dass sie wieder zu den Männern geholt werden würde. Gerda stand vorsichtig auf und ging leise zum Zelteingang. Viele der Männer sah sie vor dem Zelt, mit dem Rücken zu ihr, stehen. Auf der freien Fläche zwischen den Zelten führten einige von ihnen Reiterspiele aus. Sie sprangen im vollen Galopp vom Pferd oder wechselten im wilden Ritt die Pferde. Die Männer waren sehr geschickt. Auch Bogenschießen im vollen Galopp wurde vorgeführt und vermutlich traf jeder Pfeil. Sie konnte es zwar nicht sehen, doch das begeisterte Gejohle sprach dafür.

Weiter ritten die Männer, mal im Kreise und mal hin und her. Die Kunststücke wurden immer ausgefallener und Gerda staunte über die Kunstfertigkeit der Reiter. Immer wenn eines der Kunststücke gelang jubelten die Männer. Die Frau sah auch den Mann aus dem Zelt wieder, der sie gefangen genommen hatte. Er saß nur etwa hundert Schritte von dem Zelt entfernt auf demselben Stuhl, wie am Tage zuvor. Er war der Einzige, der saß. Ohne eine Regung schaute er seinen Männern zu, die manchmal keine Pferdelänge vor ihm stoppten oder wendeten.

Nach einer ganzen Weile stand er auf und die Männer verließen mit ihren Pferden die Freifläche. Von der Seite brachte einer ein weißes Pferd auf den Platz geführt. Das Tier tänzelte, schlug aus und versuchte den Mann, der es führte, zu beißen. Er hatte alle Mühe es festzuhalten. Bis vor den Anführer, der nun in der Mitte des Platzes stand, führte er das Tier. So wie er es bei Gerda gemacht hatte, umrundete der Mann das Tier, das Augenblicklich wie erstarrt dastand. Wie eine Figur sah es aus, wo es doch gerade eben noch gebissen und ausgeschlagen hatte. Immer näher zog der Mann die Kreise, bis er vor dem Tier stehen blieb.

Gerda stand mit offenem Mund da. Genauso hatte er es auch mit ihr gemacht! Sie konnte es kaum fassen. Es war also wirklich Zauberei gewesen. Ohne dass jemand das Tier hielt, blieb es wie angewurzelt dort stehen. Der Mann trat an die Seite des Pferdes und mit einem Satz war er auf dem Rücken des Tieres. Danach beugte er sich zu dessen Kopf herunter. Dann ging das Pferd gemächlich los, so als ob es noch nie irgendetwas anderes gemacht hatte, als diesen Mann zu tragen.

Immer schneller wurde er und die Männer begannen zu jubeln. Das Pferd gehorchte jeder seiner Anweisungen sofort. War das bei Gerda auch so gewesen? Sie horchte tief in sich hinein und da war wieder diese Gefühl, dass sie nur ihm gehören sollte. So ein stilles Sehnen nach seinen Berührungen. Gerda versuchte dieses Gefühl loszuwerden. Es war doch falsch, sich nach diesem Manne zu sehnen. Oder etwa nicht? Hatte er ihr nicht Gewalt angetan? Sie brauchte ein paar Augenblicke, um sich von ihm loszureißen und wieder zu Claudia zu gehen, die, an den Zeltpfahl gelehnt, in der Mitte des Zeltes saß.

Sie wusste noch nicht mal seinen Namen und wäre doch sofort in sein Zelt gerannt, wenn er nur nach ihr gerufen hätte. Was war hier bloß los? Draußen wurde es ruhiger und die Männer verzogen sich, das konnten die beiden Frauen durch das geschlossene Zelt hindurch hören. Plötzlich wurde die Plane am Eingang zurückgeschlagen und die Frauen zuckten zusammen. Der Mann zeigte auf Gerda und die stand langsam auf. Derselbe Weg wie am Vortag und dasselbe Zelt. Ihr Herz klopfte bis zum Hals, als sie vor dem Eingang stand. Zwei Männer versperrten den Weg und traten erst zur Seite, als der Andere etwas knurrte. Wieder zog sie die Schuhe aus und stellte sie neben einem der Posten ab.

Dasselbe Zelt, derselbe Mann. Wie am Vortag, und vorhin bei den Reitspielen, saß er einfach nur da. Gerda stellte sich in die Mitte des Zeltes und schaute ihn einfach nur an. Ohne dass er etwas sagte, streifte sie das Kleid ab und er stand auf. Während er sich entkleidete nahm sie von selbst die Position vom Vortag ein. Wieder streichelten seine Finger ihren Rücken und sie drückte sich ihm entgegen. Sie konnte nicht anders. Der Mann schob sich langsam in sie hinein. Gerda fühlte keinen Schmerz, nur ein warmes Gefühl der Geborgenheit tief in sich. Als er wieder angezogen auf seinem Stuhl vor ihr saß, sagte er „Mein Name ist Tengus. Morgen brechen wir auf." damit war auch diese Unterhaltung zu Ende. Nun wusste sie aber schon mal seinen Namen.

Gerda stand auf und zog sich wieder an. Fast dankbar nickte sie dem Manne zu, der sie wieder mit einer Handbewegung aus dem Zelt schickte. Der Wachposten führte sie zu ihrem Zelt zurück und nun wusste sie auch, warum man ihr keine Fesseln mehr angelegt hatte. Tengus hatte schon ihr Herz gefesselt. Niemals hätte sie von ihm weglaufen können. Gerda betrat das Zelt wieder, aber Claudia war fort. Nur die beiden Decken lagen bereit. Gerda hoffte dass es der Freundin gut ging. Etwas anderes wollte sie noch nicht einmal denken. Sie richtete ihre Decken so aus, wie am Vorabend, ließ einen kleinen Platz für Claudia frei, wickelte sich ein und schlief glücklich fast sofort ein.

Der Name Tengus sauste durch ihren Kopf. Sie lächelte im Schlaf.

6. Kapitel

Versteck im Wald

Zwei Männer hatten Claudia gepackt, kaum dass Gerda das Zelt verlassen hatte. Sie hatten die schreiende und strampelnde Frau auf den Platz gezerrt und dort einfach an einen Pfahl am Rande angebunden. Sie hatte schon fast mit ihrem Leben abgeschlossen, als einer der Männer mit einem Pferd an sie heran ritt, sie packte, die Fessel wieder durchschnitt und sie vor sich quer über das Pferd warf. Im wilden Galopp jagten die beiden Reiter mit der nackten Frau davon. Es ging abseits der Wege durch das Land. Wie im Flug schaute sie auf die Felder herunter und noch immer wusste sie nicht, was das Ganze bedeuten sollte. Es schien ihr eine Ewigkeit zu dauern und immer hatte sie den Gedanken in sich, was nun wohl passieren würde? Ging es zu einem anderen Stamm? Sollte sie vielleicht sogar freigelassen werden?

Schließlich blieben die Männer stehen und stießen Claudia einfach vom Pferd. Sie fiel rücklings in das Gras und rappelte sich wieder hoch, dann sah sie sich um. Die beiden Männer saßen ab und zu dritt standen sie nun am Rande eines kleinen Wäldchens, in einer ihr vollkommen unbekannten Gegend. Eine dicke Eiche wuchs einsam und alleine direkt vor dem Wald, keine hundert Schritte von ihnen entfernt. Sollte sie schnell zum Wald laufen? Doch da wurde sie schon von einem der Männer gepackt. Diese waren zwar kleiner und schwächer als sie, aber deren Pfeilen konnte sie nicht entkommen. Widerstandslos ließ sie sich führen. Eigentlich war die Frau auch ziemlich stark. Mit einem der beiden hätte sie es leicht aufnehmen können. Doch sollte sie sich wehren? Der sichere Tod wäre die Konsequenz ihrer Handlungen. Und ohne Gegenwehr? Das Leben? Vielleicht! Die beiden Männer brachten Claudia zu der Eiche und banden sie daran fest. Mit dem nackten Rücken gegen die Rinde des Baumes gepresst, beide Arme nach hinten gezogen, wartete die Frau, was nun passieren würde.

Einer der Männer machte an der Seite, nicht weit entfernt von ihr, ein kleines Feuer, zu dem Claudia ihren Kopf drehen musste, wenn sie die Männer dort sitzen sehen wollte. Sie blickte wieder gerade aus, auf die Ebene hinaus, aus der sie gerade gekommen waren. So stand sie einfach da, während der andere der beiden Reiter die beiden Pferde an ihr vorbei zum Waldrand führte und dort vermutlich irgendwo fest machte, aber das konnte sie nicht sehen. Mit Pfeil und Bogen in der Hand kam er wieder zurück. Er setzte sich zu dem anderen Mann an das Feuer und sie begannen einen monotonen Singsang vorzutragen. Claudia wusste immer noch nicht, was sie hier sollte und begann wieder zu schreien, um die Männer auf sich aufmerksam zu machen. Vielleicht würden sie Claudia dann freilassen? Doch damit störte sie offensichtlich die beiden Männer zu sehr, denn einer stand auf und verband ihr den Mund. Nachdem er sich wieder gesetzt hatte, fingen die Beiden wieder mit ihrem Gesang an.

Nun war ihr klar, dass sie diesen Platz wohl nicht mehr Lebend verlassen würde. Claudia ließ den Kopf sinken. Still betete sie zu all ihren Göttern, dass sie ein schnelles und schmerzloses Ende finden möge. Als der Gesang endete, standen die beiden Männer auf und stellten sich in etwa zwanzig Schritten Entfernung direkt vor die Frau. Einer von ihnen begann den Bogen zu spannen und mit einem Pfeil auf sie anzulegen, während der andere noch weitere Pfeile in der Hand hielt. Warum wollten sie die Frau mit dem Pfeil töten? Konnten sie das nicht auch mit einem Messer tun? Ein törichter Gedanke. Nun würde sie sterben! Claudia schloss die Augen.

Gleich würde es vorbei sein. Sie betete zu ihren Göttern und hörte das Zischen eines Pfeils, dann einen Zweiten, doch sie spürte keinen Schmerz. Hatten die Männer an ihr vorbei geschossen?

Sie öffnete die Augen und sah die beiden Männer tot, direkt vor ihr, im Feld liegen. Was war hier geschehen? Sie versuchte sich umzusehen, was ihr aber durch den Baum nicht richtig gelang. Von hinten hörte sie leise Schritte. Jemand zog an dem Seil und dann waren ihre Hände plötzlich frei. Ungläubig schaute sie auf den durchgeschnittenen Strick. Neben ihr traten zwei Männer hinter dem Baum hervor, von denen einer einen Bogen in der Hand hatte und mit eingelegtem Pfeil auf die beiden toten Reiter zielte.

Claudia machte die Strickenden von den Händen ab und versuchte ihren nackten Körper mit beiden Armen zu bedecken. Der zweite Mann schaute zu ihr, dann ging er zu den Reitern, zog einem von ihnen die Jacke aus und gab sie an die Frau weiter, die sie sich schnell überstreifte. Sie löste erst jetzt den Stoffstreifen vor ihrem Mund. Mit dem Rest von dem Strick, den sie sich um die Hüften band, zog sie die Jacke vorn zusammen, die ihr bis auf die Oberschenkel fiel. „Komm mit." sagte einer der Männer und Claudia zögerte einen Augenblick. Wo würden die Männer sie hinbringen? Zumindest war sie nun frei. Wortlos sah sie die fremden Männer an und überlegte, ob sie ihnen trauen konnte. Zuviel Gewalt war ihr in den letzten Tagen wiederfahren. Sollte neue Gewalt folgen? Doch der Mann hatte ihr ja Kleidung gegeben. Wenn er es gewollt hätte, hätte er sich auch sofort an ihr vergehen können. Also schloss sie sich ihnen an. Alles war besser, als ihr Los bei den Reitern.

Zu dritt gingen sie wortlos in das kleine Waldstück hinein. Die beiden Pferde ließen sie einfach dort zurück. Die Tiere würden ihnen sowieso nicht gehorchen. Zielstrebig führte einer der Männer die Frau an der Hand durch das dichte Waldstück. Nach etwa fünfhundert Schritten betraten sie eine Lichtung. Eine kleine Gruppe von Menschen, etwa fünfzig Männer, Frauen und Kinder, hatte sich hier im Wald versteckt. Einige hatten ihre gesamte Habe in Säcken dabei. Nur das, was sie tragen konnten, war ihnen offensichtlich geblieben. Die drei setzten sich an ein kleines Feuer. „Ich bin Gernold und das ist Siegmund. Wir führen diese Gruppe. Möchtest du dich uns anschließen?" fragte der Größere von den Beiden, der Claudia die Jacke gegeben hatte. Abwechselnd ging ihr Blick zwischen den Männern hin und her. Dann nickte sie. In der Gruppe waren ihre Chancen zur Flucht eindeutig größer.

Siegmund ging zu einer der Frauen, nahm etwas aus einer Tasche und kam zu Claudia zurück. Er reichte der Frau ein Stück Brot. Das diese sofort gierig verschlang. Schon lange hatte sie nichts mehr gegessen. „Wir bleiben noch diese Nacht im Wald, dann machen wir uns wieder auf den Weg. Ruhe dich noch etwas aus, du wirst deine Kraft noch brauchen." sagte Gernold und zeigte auf die vielen blauen Flecken an den Beinen der Frau. „Ich danke euch. Kann ich mich hier irgendwo waschen?" fragte sie und Gernold stand auf. Mit dem Bogen in der Hand ging er mit Claudia zu einem kleinen Bach, der nicht weit von der Lichtung entfernt durch den Wald floss.

Die Frau legte die Jacke ab und setzte sich in eine tiefere Stelle des Baches, wo ihr das Wasser bis zu den Hüften ging. Vorsichtig wusch sie sich die Kratzer und Schürfwunden der vergangenen Tage aus, während Gernold den umgebenden Wald beobachtete, nicht ohne von Zeit zu Zeit zu der nackten Frau im Bach zu sehen. Es war zwar nicht anzunehmen, dass die Reiter bis in den Wald kamen, aber man konnte nie vorsichtig genug sein. Claudia bedankte sich in Gedanken bei ihm, schließlich hatte er sie vor dem sicheren Tod errettet. Sie sah auch zu ihm hinüber und immer wenn sich ihre Blicke kurz trafen, lächelte sie. Konnte sie ihm vertrauen? Würde sie das jemals bei einem Manne können? Eine tiefe Angst steckte in ihr. Und sie war hier mit ihm alleine!

Unmerklich schätzte sie ihre Kraft und die des Mannes ein. Könnte sie sich gegen ihn wehren? Sicherlich! Es gab ihr eine kleine Sicherheit, doch er war ja bewaffnet! Ihr Blick fiel auf das Schwert an der Seite des Mannes. Zweifel stiegen in ihr wieder auf. Vor lauter Todesangst, die erst jetzt kam, begann sie zu zittern. Claudia wollte zurück zu den anderen Menschen. In der Gruppe gab es mehr Schutz für sie. Die Frau erhob sich und drehte dem Mann ihren Rücken zu. Schnell stieg sie wieder aus dem Bach, streifte sich mit den Händen kurz das Wasser vom Körper, zog wieder die Jacke an und dann gingen sie gemeinsam zurück zu den Anderen. Leise sagte sie „Ich danke dir!" und der Mann nickte nur.

Jetzt wurde sie wieder ruhiger. An einem Baum, am Rande der Lichtung, rollte sich Claudia im Moos zusammen und schlief nach der ganzen Anspannung des Tages sofort ein.

7. Kapitel

Ein langer Zug

ie ganze Nacht hatte Gerda im Zelt durchgeschlafen. Sie erwachte, als ringsum die Männer lautstark damit begannen, die Zelte abzubauen. Sie blickte auf und sah, dass jemand ein Kleid für sie hingelegt hatte, ohne dass sie es gemerkt hatte. War es Tengus persönlich gewesen? Oder einer seiner Männer? Zumindest musste er sehr leise dabei gewesen sein, denn sie hatte es nicht gemerkt. Die Frau stand auf und zog das Kleid an. Es war zwar etwas zu groß, aber es lag ein Gürtel dabei, mit dem sie das Kleid über den Hüften zusammen zog.

Das zerrissene Kleid ließ die Frau einfach achtlos neben den Decken liegen. Sie war gerade fertig geworden, als der Posten Decken und Kleid holte. Danach begannen zwei Männer einfach das Zelt um sie herum abzubauen und auf einen daneben bereit stehenden Wagen zu verladen. Zuletzt wurde der Pfahl auf den Wagen geladen und einer von den Männern fesselte Gerda die Hände zusammen. Immer mehr Zelte fanden den Weg auf viele der Wagen und schon bald zeigte nur noch das niedergedrückte Gras das Lager an, das sich hier befunden hatte.

Die Frau wurde als letztes auf einen der Wagen oben drauf gesetzt und mit der Schnur daran festgebunden. Tengus stand in der Mitte des ehemaligen Lagers und rief seinen Männern, die mit ihren Pferden um ihn herum versammelt waren, etwas zu. Die Ersten saßen auf und ritten los. Ein Wagen nach dem anderen verließ den Platz, begleitet vom Großteil der Männer. Auf seinem weißen Pferd ritt Tengus ganz dicht an dem Wagen mit Gerda vorbei und ihr war, als hätte er ihr kurz zugenickt, dann war er schon in der Staubwolke verschwunden, die die Wagen durch die Fahrt auf den Wegen aufwirbelten.

Es ging sehr holprig zu. Die Wagen fuhren über unebenes Gelände und folgten nicht immer dem Weg. Manchmal fuhren sie auch einfach durch ein Feld. Diese Menschen schätzten das Getreide nicht so, wie die Bauern hier es taten, die dafür das ganze Jahr arbeiteten. Gerda war, soweit sie das sehen konnte, die einzige Person, die auf einem Wagen saß. Offensichtlich gab es weder andere Frauen noch Kinder hier. Nur sie und mehrere hundert Männer.

So saß sie einfach oben auf dem schaukelnden Wagen, hielt sich fest, so gut es ging, um nicht herunterzufallen, und versuchte sich das Kleid vor den Mund zu halten, um nicht zu viel Staub zu schlucken. Aber der Staub war einfach überall. Er knirschte sogar zwischen ihren Zähnen. Laut hustete sie immer wieder, aber niemanden interessierte es und runter konnte sie auch nicht. Sie war ja festgebunden und wohin hätte sie gehen sollen? Unten wäre es nur noch viel mehr Staub gewesen. An eine Flucht dachte sie gar nicht erst, vermutlich hatte der Mann ihr diese Gedanken einfach aus dem Kopf genommen. Immer grauer wurde das Kleid, das am Morgen noch eine schöne rote Farbe gehabt hatte.

Einzig der blaue Himmel über ihr war zu sehen, die Sonne brannte erbarmungslos auf ihren Kopf und auf der ganzen Fahrt wurde keine Rast gemacht. Die Pferde brauchten sie nicht und da würden sie sicher nicht auf eine Frau Rücksicht nehmen. Mit solch einer Bitte würde sie da nicht weit kommen, zumal die Männer sie auch nicht verstehen würden. Einer der Männer führte den Wagen, ein junger Bursche, der vermutlich noch nicht mal achtzehn war. Als die Sonne am höchsten stand, wurde der Staub etwas weniger und die Frau konnte etwas von der weiteren Umgebung sehen, aber hier sah es vermutlich überall gleich aus. Sie hätte nicht sagen können, ob ihr Heimatdorf direkt vor ihr oder ein paar Tagesritte hinter ihr war.

Sie fuhren durch das Land und immer wieder sah Gerda am Rande brennende Häuser oder tote Menschen. Eine blutige Spur der Gewalt kennzeichnete den Weg der Reiter durch das Land. Am Straßenrand lagen manchmal auch umgekippte Wagen mit toten oder sterbenden Pferden. Das waren sicher die Hinterlassenschaften der fliehenden Bevölkerung. Jeder, der nicht schnell genug geflohen war, wurde von seinem Schicksal eingeholt.

Gerda machte sich auch darüber Gedanken, warum sie eigentlich nichts von den Reitern gewusst hatte. Jeden Klatsch und Tratsch hatte die Mutter erzählt, nur von dieser tödlichen Bedrohung, die ihr ja dann auch das Leben genommen hatte, da hatte die Mutter nichts erzählt. Warum nur? Hatte sie es nicht gewusst? Oder bewusst verschwiegen, nach dem Prinzip, worüber ich nicht rede, das gibt es auch nicht? Aber die Bedrohung war real. Und offensichtlich waren diese Männer schon länger unterwegs. Sie mussten, ihrem Aussehen nach, von weiter her kommen.

Die vielen Wagen, ihr Zug hatte sicher mehr als zwanzig davon, holperten, wie an einer langen Schnur aufgefädelt, immer weiter durch die Gegend. Die Sonne immer auf ihrer linken Seite, schaute sie von oben auf die Felder herab, von denen sich die Pferde der Reiter bedienten. Die Reiter wiederum bedienten sich an den erbeuteten Tieren der Bauern. Ab und zu sah Gerda durch den Staub das Skelett einer Kuh irgendwo liegen. Vermutlich war das, was sie immer zu essen bekam, in Streifen geschnittenes und in der Sonne getrocknetes Dörrfleisch. Jetzt, da sie den Ursprung ihres Essens da auf der Wiese liegen sah, würgte es in ihrem Hals. Rohes Fleisch? Gekocht oder gebraten am Sonntag, so kannte sie es. Aber roh an jedem Tag?

Gegen Abend stoppten die Wagen und es wurden die Zelte wieder aufgebaut. Mit ihren, immer noch gefesselten, Händen versuchte sie sich den Staub aus dem Kleid zu klopfen, was allerdings nicht so gut ging. Sie bat einen der Männer, ihr die Fesseln abzunehmen, was dieser auch tat. Gerda beugte sich über einen Eimer und wusch sich Gesicht und Haare. Tengus war als einziger noch auf dem Pferd und Gerda beobachtete jede seiner Bewegungen. Sie konnte es kaum erwarten, dass alle Zelte aufgebaut und sie wieder zu ihm geführt werden würde.

Endlich hatte sie das Zelt bezogen und es stand, ihrer Meinung nach, nun viel näher an dem des Mannes dran. Der Weg bis zu dem großen Zelt würde nun viel kürzer sein. Mit dem Eimer zog sie sich in ihr Zelt zurück und wusch sich nun erst mal gründlich den Staub des Tages vom Körper. Gerade als sie fertig war und das Kleid wieder an hatte, kam der Posten, um sie zu holen. Ein Lächeln glitt über ihr Gesicht, als sie das Zelt verließ.

8. Kapitel

Widerstand oder Flucht

Gegen Morgen war Claudia erwacht. Die Anstrengungen der letzten Tage hatten sie vor Erschöpfung durchschlafen lassen. Jetzt, da sie wieder munter war, begann sie darüber nachzudenken, warum die Männer sie so weit vom Lager weggebracht hatten, um sie zu töten. Sie waren ihrer überdrüssig gewesen, ihren Spaß hatten sie ja mit ihr gehabt, doch warum hatten sie Claudia nicht gleich im Lager getötet? Darauf würde sie nie eine Antwort erhalten, denn die beiden Einzigen, die es gewusst hätten, waren tot. Und sie hätte ja deren Sprache sowieso nicht verstanden.

Sie schaute auf die Gruppe. Fünfundzwanzig Männer, fünfzehn Frauen und zehn Kinder hockten oder lagen hier im Wald, um ein paar kleine Feuer herum, auf der Lichtung. Gernold kam zu ihr herüber, als er bemerkte, dass sie erwacht war und gab ihr einen Trinkschlauch sowie etwas Brot. Dankbar nahm sie Beides an. Während sie ihr Frühstück zu sich nahm, sah sie, wie die ersten Frauen schon ihre Sachen packten. Hastig wollte sie fertig werden und verschluckte sich an einem Bissen Brot. Hustend gab sie dem Mann den Trinkschlauch zurück und stand auf. Vorsichtig ließ sie ihren Blick über die Männer gleiten. Nur die Anwesenheit der Frauen gab ihr etwas Sicherheit. Wo war die starke und selbstbewusste Frau geblieben, die sie noch vor ein paar Tagen gewesen war? Die Gewalt der Reiter hatte sie zerstört! Innerlich zerbrochen.

Einige Männer brachen auf, um zu kontrollieren, ob sich Feinde in der Nähe befanden. Wenig später hörte Claudia dreimal den Ruf des Käuzchens. Das konnten nur die Männer gewesen sein, denn der Nachtvogel würde wohl kaum am Tage rufen und dann noch drei Mal. Sie stand dort und zog sich die Jacke zurecht, die beim Schlafen

37

verrutscht war. Dann ging sie mit den anderen mit, in den Wald hinein. Sie blieb in der Nähe von Gernold und so konnten sie sich leise unterhalten.

Der Mann erzählte, dass er, zusammen mit seinem Freund, schon fast seit einem Jahr vor den schwarzen Reitern floh. Sie kamen weit aus dem Osten und Claudia hatte am Stimmengewirr am Abend zuvor schon gehört, wie viele verschiedene Stämme hier im Wald versammelt waren. Von jedem waren es sicher nicht mehr wie fünf Angehörige. Claudia wunderte sich, dass Gernold ihre Sprachen so gut konnte, doch er erklärte ihr, dass er früher ein reicher Händler gewesen war, der oft auch in dieser Gegend gewesen war. Der Mann sprach mit jedem in der Gruppe in dessen Sprache und war der, der die Gruppe zusammen hielt.

Er vermittelte auch bei Streitereien. Schließlich kamen sie am Waldrand an und die Frau zögerte einen Moment, die freie Fläche zu betreten, doch da es auch die Kinder taten, schloss sie sich ihnen an. Aber sie hielt die Ohren offen. Gernold sah ihre Unsicherheit und versuchte sie zu beruhigen, doch nach den schrecklichen Erlebnissen im Lager war die Frau etwas vorsichtiger als die anderen, die noch nie näher mit den Reitern zu tun gehabt hatten. Manchmal zuckte sie bei seinen zufälligen Brührungen zurück. Die Angst saß noch zu tief in ihr. Claudia überlegte, ob sie Gernold vom Lager erzählen sollte, doch sie schämte sich viel zu sehr dafür, was die Männer dort mit ihr gemacht hatten. Auch wenn sie nichts dafür konnte.

Sie fragte Gernold „Warum habt ihr Männer nicht gekämpft? Warum flieht ihr?" der Mann schaute sie an und dachte anscheinend über ihre Worte nach, dann sagte er „Wir haben es versucht. Aber es waren so viele von ihnen. Die ganze Ebene war schwarz von Reitern. Sie haben uns einfach überrannt. Wer nicht geflohen ist, der wurde getötet. Seit diesem Tag sind wir auf der Flucht." dabei zeigte er auf sich und seinen Freund. Claudia nickte. Sie hatte im Lager nur ein paar hundert Männer gesehen, aber vielleicht gab es, nach dem was Gernold erzählt hatte, einige hundert solcher Lager. Sicherlich hatten sie sich nur getrennt, um sich besser zu versorgen und schlossen sich zum Kampf wieder irgendwo zusammen.

Nachdenklich sah sie auf das Korn zu ihren Füßen. Sie ließ die Ähren durch ihre Finger gleiten. Eigentlich sollte nun die Ernte erfolgen und sie sollte den Schmied heiraten, der aber nun schon ein paar Tage tot war. Tränen rannen ihr über die Wangen, als sie an das heimatliche Dorf und die Menschen darin zurück dachte. Noch vor ein paar Tagen war alles gut gewesen und nun?

Die Sonne drückte auf sie herunter und besonders die Kinder hatten darunter zu Leiden. Aber dennoch hielt Claudia die Ohren ständig weiter offen. Fast panisch sah sie sich immer wieder nach allen Seiten um. Zwar waren sie im kniehohen Getreide, aber wenn da jemand geritten käme, wäre der Weg zum nächsten Waldstück viel zu weit. War es wirklich eine gute Idee gewesen, am helllichten Tage zu gehen? Besser wäre es doch gewesen, nachts die Freifläche zu überqueren, denn Claudia wusste, dass die Reiter nachts ruhten. Sie sah Gernold von der Seite aus an und hoffte, dass er wusste, was er hier machte. Schließlich war er der Erfahrenste in der Gruppe.

Nach einer Weile sah Claudia die andere Waldkante mit dem Wäldchen dahinter, in dem sie die nächste Nacht verbringen würden. Gleichzeitig vernahm sie aber ein beunruhigendes Geräusch von der Seite. Sie sah sich dorthin um und bemerkte eine kleine Staubwolke. Verzweifelt sah sie nach vorn und schätzte den Weg dorthin ein. Der Abstand zu Fuß zum Wald war viel weiter, als der Weg der Pferde bis zu ihr. Selbst wenn sie rennen würde, so würde sie den Waldrand nie rechtzeitig erreichen können. Zusammen mit Gernold war sie am hinteren Ende der Gruppe gegangen.

Vorn begannen die Ersten zu rennen und sie sah den Mann an. Sie dachte daran, dass sie die Jacke eines der Reiter trug und noch dessen Blut daran klebte. Wenn sie so gefasst werden würde, so würde sie nicht am Leben bleiben und in das Lager wollte sie auch nicht zurück. Zu all der Gewalt! Verzweifelt sah sie sich nach einer Versteckmöglichkeit um. Schließlich blieb nur das Getreide übrig. Ohne die schwarze Jacke würde sie, bewegungslos im Korn liegend, aus einer Entfernung von ein paar Pferdelängen vielleicht nicht mehr zu sehen sein. Das war ihre einzige Chance zu überleben!

Claudia löste den Strick, zog hastig die Jacke aus und faltete sie zusammen. Danach ließ sie sich fallen und legte sich auf die Jacke. Das Donnern der Pferdehufe kam immer näher und schließlich hörte sie die anderen aus ihrer Gruppe schreien. Ganz dicht presste sie sich an den Boden. Die Erschütterungen der Pferde konnte sie deutlich spüren, doch sie machte keine Bewegung. Starr lag sie einfach da. Nicht weit von ihr entfernt ritten die Männer durch das Getreide. Dann entfernten sich die Hufgeräusche und endlich zog wieder Ruhe ein. Sie blieb noch eine Weile ruhig liegen, dann stand sie vorsichtig auf. Gernold lag neben ihr und ringsum war kein Reiter mehr zu sehen. Langsam zog sie die Jacke wieder an und der Mann stand neben ihr auf.

Gemeinsam gingen sie zum Wald hinüber. Auf dem Weg dorthin fanden sie viele Menschen der Gruppe tot auf. Erst an der Waldkante trafen sie auf den Rest der Gruppe. Zwanzig aus ihrer Mitte, mit denen sie am Morgen aufgestanden war, hatten die Überquerung des Feldes mit ihrem Leben bezahlt.

9. Kapitel

Erntemond

Seit fast vier Wochen war Gerda schon in der Gefangenschaft von Tengus, aber war es für sie noch eine Gefangenschaft? Wenn sie unterwegs waren, so zogen sie von der Morgendämmerung bis fast zum Sonnenuntergang durch das Land. Erst am Abend hatten sie die Zelte errichtet und mit jedem Tag rückte Gerdas Zelt immer näher an das von Tengus heran. Abends ging sie in das Zelt des Mannes hinüber, um später dann wieder in ihr Zelt zurück zu kehren.

Manchmal blieben sie aber auch an Stellen etwas länger, an denen sie genug Futter für die Tiere fanden oder an Plätzen, an denen es ihnen besonders gut gefiel. An einigen dieser Tage durfte sie sogar das Zelt verlassen und noch immer trug sie keine Fesseln. Sie saß dann einfach vor dem Zelt und schaute in den blauen Himmel über sich, an dem kaum mal eine Wolke zu sehen war. Es war in diesem Jahr sehr heiß, selbst für einen Sommer, aber in den Zelten war es angenehm kühl.

Eigentlich sollte in diesen Wochen die Ernte von den Feldern geholt werden, doch es war keiner mehr da, der die Ernte einbringen konnte. Die Reiter blieben, bis nichts mehr in der Gegend zu holen war, dann zogen sie weiter. Zurück blieben nur von den Pferden abgefressene Felder und verbrannte Dörfer. Es war eher eine blutige Ernte, die diese Reiter einbrachten.

Gerda dachte daran, dass sie nun mit den fremden Reitern zog und damit für die Ausplünderung der Gegend auch mit verantwortlich war. Aber sie konnte nichts daran ändern. Sie war Tengus viel zu sehr verfallen, als das sie noch einen klaren Gedanken fassen konnte, wenn er erst mal vor ihr stand. Sie achtete auch immer darauf, wenn er das Zelt verließ oder irgendwo umher ging. Manchmal setzte sie sich nur deshalb vor dem Zelt in die heiße Sonne, um ihn zu sehen. Ihre Augen klebten förmlich an dem Mann, der als einziger hier einen Bart trug. Die anderen Männer hatten keinerlei Bartwuchs und sie hatte noch nie einen gesehen, der sich rasieren musste.

An manchen Tagen hörte sie Schreie von anderen Frauen im Lager, aber der Schutz von Tengus sorgte dafür, dass es ihr soweit gut ging. Sie war praktisch sein Eigentum und sie hatte bemerkt, dass diese Männer fast nichts wirklich selbst besaßen. Nur ihr Pferd und die Sachen, die sie auf dem Leib trugen, sonst nichts. Hatte er sie daher wie ein Pferd behandelt? So konnte er sie als sein Eigentum behalten. Manchmal sah sie an den Augen der Männer, dass sie sich gern gegen den Wunsch von Tengus mit ihr vergnügt hätten, doch etwas hielt sie zurück.

Solange es immer genug zu erbeuten und genug Frauen für sie gab, würden sie seinem Befehl folgen. Sie wagte gar nicht daran zu denken, was wohl passieren würde, wenn es nichts mehr gab und der Winter über das Land kommen würde. In einem solchen Moment stand sie nun im Zelt und schaute durch den Spalt an der Plane auf die hunderte von Männern, die dort unmittelbar vor ihr waren. Wie groß war wohl die Gefahr für sie? Würde sie diesen Winter überleben?

Nicht weit entfernt von dieser Stelle saß Claudia auf einer Lichtung im Wald. Die Gruppe um sie herum war wieder auf mehr als fünfzig Personen angewachsen. Aus einigen umliegenden Dörfern hatten sich Männer und Frauen angeschlossen. Kinder waren keine darunter, so dass es nun in der ganzen Gruppe nur noch fünf Kinder gab. Viele hatten die Strapazen des Marsches nicht überlebt. Alte,

Kranke und Kinder waren die Ersten, die nicht mehr mitkonnten und ihr Leben auf der Flucht verloren hatten, soweit sie überhaupt vor den Reitern hatten fliehen können.

Gernold war zwar der Führer der Gruppe, aber er hatte den Rat Claudias angenommen, am Tag zu Rasten und nur noch Nachts zu gehen, so waren sie den Feinden immer aus dem Weg gegangen. Gerade kam er mit zwei anderen Männern auf die Lichtung, nachdem er den Weg für die nächste Nacht erkundet hatte. Er setzte sich neben sie und Claudia zupfte nervös am Saum ihres Kleides herum, dass sie in der vorhergehenden Nacht bei einem geplünderten Dorf, im Mondlicht auf einer Leine hängend, gefunden hatte. Es war die richtige Größe gewesen und schien so, als ob es jemand für sie da hin gegangen hatte.

Die ursprüngliche Besitzerin des Kleides war sicher entführt oder getötet worden. In beiden Fällen brauchte sie das Kleid wohl nicht mehr. Claudia dachte an die Tage im Lager der Reiter und mit stockender Stimme begann sie zu erzählen, warum wusste sie selbst nicht, was ihr damals dort widerfahren war. Vier Wochen hatte sie geschwiegen, doch nun brach es aus ihr heraus. Alle ringsum lauschten und hielten fast den Atem an, als sie erzählte. Von der Gewalt, dem Missbrauch, dem Tod der anderen im Dorf und von den vielen hundert Reitern.

Erst jetzt merkte sie, wie ihr alle zuhörten. Sie wurde rot im Gesicht und schämte sich für etwas, wofür sie doch nichts konnte. Sie stand auf und lief in den Wald. Nur ein kleines Stück, dann verhedderte sich der Saum des Kleides in einem Strauch und sie fiel hin. Laut weinend blieb sie dort liegen, bis sie jemand an der Schulter berührte. Als sie sich umdrehte kniete Gernold hinter ihr. Sie richtete sich auf und schmiegte sich an seine Schulter. Noch immer liefen die

Tränen über ihr Gesicht, doch der Schmerz war weg. Der Mann zog sie auf die Beine und Claudia raffte das Kleid vorn hoch, zog es unter dem Gürtel durch und hatte so vorn die Beine bis über die Knie frei.

Hand in Hand gingen sie zurück auf die Lichtung. „Ist jetzt nicht Erntezeit?" fragte Claudia und die anderen Menschen schauten sie ungläubig an. Hatte sie nicht gerade von der Gewalt erzählt? Und nun das? Wie konnte jemand jetzt an die Ernte denken, wo es doch um das nackte Überleben ging? Claudia zog das kurze Schwert aus Gernolds Gürtel und sagte „Es ist zwar keine Sichel, aber es wird gehen. Wer kommt mit?" Etwa zehn Frauen und fünf Männer schlossen sich ihr an. Direkt am Waldrand begannen sie ein kleines Feld abzuernten. Die Männer sicherten mit Pfeil und Bogen, während die Frauen sich, immer wieder aufschauend, durch das Feld arbeiteten. Schnell hatten sie die Körner dann auch von den Ähren getrennt.

Die Frauen im Wald hatten Holz gesammelt und einen Stein heiß gemacht. Auf einem anderen Stein hatte Claudia viele der Körner zu Mehl zerrieben, das dann, mit Wasser vermischt, gebacken wurde. Am Abend gab es frisch gebackenes Brot, das allen die Zuversicht auf Rettung zurückgab.

10. Kapitel

Unterwerfung oder Liebe?

ie kleine Gruppe hatte ein paar Tage in dem Wald zuge-bracht. So konnten sie etwas mehr von dem Korn ernten und wieder etwas zu Kräften kommen. Immer mehr fühlte sich Claudia zu Gernold hingezogen und sie hatte auch bemerkt, dass dies nicht nur einseitig von ihr aus so war. Wann immer es ihr möglich war, blieb sie in seiner Nähe.

Der tägliche Kampf ums Überleben ließ die kleine Gruppe näher zusammen rücken. Ein jeder hatte seine Aufgaben zu erfüllen und für Claudia war diese, das Korn auf dem Reibstein zu Mehl zu zerreiben. Sie legte von dem Korn immer etwas zurück, das sie dann später einmal als Saatgut verwenden konnten, wenn sie dann irgendwann mal in Sicherheit sein würden. Jeder Frau übergab sie eines der Säckchen, so dass jede ihr zukünftiges Saatgut selbst verwahren konnte.

Die Männer gingen auf die Jagd, aber das Waldstück war nicht so groß, als dass sie große Beutetiere finden konnten. Nur Hasen und Vögel konnten sie mit Pfeil und Bogen erlegen. Die Frauen ernteten in der Zwischenzeit die Felder ringsum ab, sie blieben aber immer in der Nähe des Waldrandes. Man konnte ja nie sicher sein, ob nicht doch einer der Reiter in der Nähe sein würde.

Immer wenn Gernold von der Jagd zurück kam, blickte Claudia von ihrer Arbeit auf, sie kam regelrecht ins Schwärmen und musste manchmal erst von einer der anderen Frauen wieder zurück geholt werden, um weiter zu arbeiten.

Mit der Zeit hatte sich ein warmes Gefühl in ihr breit gemacht und sie wusste nicht, wo es herkam. Das einzige, das sie wusste war, dass es mit Gernold zusammenhängen musste, denn es verstärkte sich immer dann, wenn sie in seiner Nähe war. Eines Abends führte er sie von der Gruppe weg in den Wald hinein. Sie zögerte und dachte an die Gewalt der fremden Männer zurück, doch Gernolds starke Arme hielten sie ganz fest. Sie fühlte sich unglaublich geborgen in seiner Nähe. Ein langer Kuss folgte und dann ließ sie sich in das Gras fallen. Seine streichelnden Finger lösten eine Gänsehaut auf ihrer nackten Haut aus. Aufgrund ihrer Schilderung war er besonders vorsichtig und zärtlich. Sie genoss das Zusammensein mit ihm. Am nächsten Morgen kam sie mit glänzenden Augen zurück zu der Gruppe. Die Frauen sahen sofort, was geschehen war und tuschelten miteinander, doch Claudia war einfach nur glücklich.

Von nun an zogen sich die beiden Verliebten immer mal wieder von der Gruppe zurück und genossen ihre Zweisamkeit im Moos des Waldes.

Dasselbe warme Gefühl hatte auch Gerda in dem Zelt, fast auf Sichtweite des Waldstückes, in dem Claudia ihr Glück gefunden hatte. Aber war es wirklich dasselbe? War es ebenfalls Liebe oder nur ein Zauber, der sie umgeben und willenlos gemacht hatte? Am Anfang, an ihrem ersten Abend, war es sicher so gewesen, doch nun schlug ihr Herz bis zum Hals, wenn sie Tengus nur sah. Den ganzen Tag fieberte sie den Augenblicken entgegen, wenn sie in sein Zelt geführt wurde.

Jeden Abend kniete sie vor ihm und sehnte sich nach seinen starken Händen. Sie lebte für diese paar Augenblicke in dem Zelt. Ihr Zelt stand nun direkt neben seinem. Nur die Zeltwände und ein paar Schritte trennten sie von dem geliebten Mann. Eines Abends sagte er zu ihr „Ich muss ein paar Tage weg." das war alles und ihr zog es bei dieser Bemerkung fast das Herz zusammen. Sie sagte nichts, doch die Angst um ihn schnürte ihr den Hals zu, und das, wo er doch ein paar Tage später wieder da sein würde.

Mit hängenden Schultern schlich sie wieder in ihr Zelt zurück. Lange wälzte sie sich auf ihrem harten Lager hin und her. Sie dachte über sich und Tengus nach. War sie sein Eigentum, so wie er es gesagt hatte? Irgendwie schon. Sie war fast abhängig von ihm und auf seinen Schutz war sie sowieso angewiesen. Ohne ihn wäre sie jetzt sicher schon tot. Doch wie dachte er über sie? Hatte er sie wirklich unter seinen Willen unterworfen? Vielleicht schon, wenn sie an das Herzklopfen in seiner Nähe dachte. Oder war es auch von seiner Seite aus Liebe, die er nur nicht so zeigen konnte?

Nach einer unruhigen Nacht stand sie am Eingang des Zeltes, als Tengus neben ihr auf sein Pferd stieg. Er sah kurz zu ihr und ritt los, ohne noch einmal mit ihr gesprochen zu haben. Sie rollte sich in ihrem Zelt zusammen und wartete. Bei jedem Pferd, das am Zelt vorbei kam, hoffte sie, dass er zurückgekehrt sei, doch nie hielt das Pferd vor dem Zelt. Sie wartete verzweifelt drei Tage lang. Drei Tage der Angst, die zu Jahren wurden, dann kam er endlich wieder zurück und sie wäre fast losgelaufen, um ihm um den Hals zu fallen. Doch sein Blick stoppte sie noch im Ansatz der Bewegung. Er hatte sicher erkannt, wie es in ihr brodelte. Erst später durfte sie zu ihm in das Zelt zurück.

Als Tengus an diesem Abend hinter ihr wieder aufgestanden war und sich angezogen zurück auf den Sessel setzte, sie sich ebenfalls angezogen hatte, sowie das Zelt gerade wieder verlassen wollte, zeigte er wortlos auf zwei Decken, die er hinter seinem Stuhl liegen hatte. Sie breitete eine der Decken mitten im Zelt aus, genau auf der Stelle, auf der er sie kurz vorher geliebt hatte. Er zeigte wieder auf die Decke. Sie durfte in seinem Zelt schlafen und er legte sich zu ihr. Gerda war überglücklich und schlief in seinem Arm ein.

Als sie erwachte, sah sie in sein schlafendes Gesicht, in dem sich die ersten Strahlen der Sonne fingen. Der Eingang war nach Osten zu aufgebaut und durch den Schlitz am Eingang fiel der erste Strahl genau auf ihn. Die Frau hätte stundenlang so liegen können und ihn einfach nur betrachten wollen. Für nichts in der Welt hätte sie diesen Moment eintauschen wollen. Noch war Ruhe im Lager, aber die Sonne weckte auch die ersten Pferde und das Schnauben der Tiere rief Tengus zurück in den Tag. Er schlug die Augen auf und schaute in Gerdas Gesicht. Er fuhr ihr mit seinen Fingern durch die blonden Haare und plötzlich küsste er sie. Sie war fast vor Schreck erstarrt, das hatte sie nicht von ihm erwartet und doch hatte sie sich so sehr danach gesehnt. Nach einem Augenblick der Starre erwiderte sie seinen Kuss.

Nun war sie sich sicher, dass es auch von seiner Seite aus Liebe war. Nichts hätte sie im Moment glücklicher machen können, als diese Erkenntnis. Sie liebte und wurde geliebt!

11. Kapitel

Ein kühner Plan

Der Weg der kleine Gruppe zeigte kontinuierlich nach Westen. Nachdem die Felder rings um das Wäldchen abgeerntet waren, hatten sie den Weg zu einem weiteren Wäldchen erkundet, dass sie in einer Nacht erreichen konnten und so war ihr Weg fast im Zick Zack durch die Landschaft gewesen. Auf der einen Seite begrenzt durch den Fluss, den sie nicht weit aus den Augen lassen wollten, und auf der anderen durch Berge, die sie nicht überwinden wollten. So zogen sie in der Ebene dahin. Mal war es eine Schlucht, mal ein Wäldchen oder auch ein verlassenes Dorf, wo die fünfzig Menschen den Tag geschützt vor den Reitern verbringen konnten.

Alles, wo kein Pferd reiten konnte, war als Deckung perfekt, denn die fremden Krieger trennten sich nie, oder nur sehr ungern, von ihren Pferden. Eines Abends hörte Claudia das Rauschen des Flusses ganz deutlich durch die Stille der Dämmerung und fragte Gernold „Wenn wir da drüber wären, wären wir dann in Sicherheit?" der Mann überlegte einen Moment und antwortete „Ja, falls wir es schaffen. Aber wir folgen dem Fluss schon fast ein Jahr. Er ist so breit und reißend, dass eine Überquerung für uns, aber auch für die Reiter, die uns verfolgen, unmöglich ist. Schon lange suchen wir nach einer Brücke, doch wenn es da mal welche gegeben hat, so sind sie schon lange nicht mehr da."

Resigniert setzte er sich neben sie und horchte in die Dämmerung. Das Rauschen schien ihm Recht zu geben. Konnte man diese Strömung überwinden? Sicherlich nicht, indem man darüber schwimmen wollte. Aber vielleicht mit einem Boot? „Woher bekommen wir ein Boot?" fragte sich Claudia in Gedanken und stützte den Kopf in die

Hände, die Ellenbogen auf die angewinkelten Knie gestemmt. Sie dachte daran, dass ihr Freund Peter damals, wie lange mag das wohl her sein, zehn Jahre bestimmt, auf einem kleinen Teich hinter dem Dorf ein Boot aus Holz gebaut hatte, dass dann auch ganz ordentlich geschwommen war.

„Und wenn wir uns ein Boot bauen?" fragte sie ihn nach ein paar Augenblicken des Nachdenkens. „Ein Boot für Fünfzig? Wie groß soll das denn sein?" fragte er zurück und nun überlegten sie zu zweit, wie der Fluss zu bezwingen sei. „Und was ist mit einem Floß?" fragte sie weiter „Oder mit mehreren!" antwortete er und sie sahen sich beide an. Schnell hatten sie die Gruppe zusammen geholt und schlugen ihren Plan vor. Die lange Flucht hatte alle soweit zermürbt, dass selbst dieser riskante Plan nicht sofort verworfen, sondern mit Freude aufgenommen und heiß diskutiert wurde. Die Gespräche gingen her und hin. Alles wurde sofort bis ins kleinste Detail besprochen, doch Gernold holte sie erst mal wieder zurück.

„Zuerst brauchen wir Äxte und Sägen." legte er fest. Die würden sie vielleicht in einem der ausgeplünderten Dörfer finden und so beschlossen sie vorerst, in diesem Wald zu bleiben und erst einmal alle Arbeitsmittel zum Floßbau zu organisieren. In den nächsten Nächten sammelten die Männer alles ein, was im unmittelbaren Umkreis des Wäldchens zu finden war und das man nur irgendwie zum Bau eines Floßes benutzen konnte. Äxte, Sägen, Beile, Nägel, aber auch Stricke fanden den Weg in das Waldlager.

Mitten in diese Vorbereitungen hinein fragte einer der Männer „Was ist eigentlich mit der römischen Flotte?" und alle sahen sich erschrocken an. Daran, dass der Fluss ja auch die Grenze zum römischen Reich bildete, hatte keiner von ihnen in der Aufbruchsstimmung gedacht, und auch nicht daran, dass der Fluss damit natürlich auch von Wachbooten geschützt wurde. Die kleinen, wendigen und geruderten Boote sicherten den Fluss und hatten noch jeden Übergang verhindern können. Nun hatte man also die Reiter hinter sich und die Flotte der Schiffe vor sich. Hinter dem Fluss aber, da war die Rettung. Doch dazu mussten sie erst einmal unbemerkt hinüber gelangen!

Die Sorge um die Boote der römischen Flotte wurde erst einmal zurück gestellt, vielleicht hatte man ja Glück und kam ungesehen über den Fluss. Endlich hatten sie alles zusammen und wechselten in einen kleinen Wald direkt am Rande des Flusses. Nun konnten sie alle die starke Strömung sehen. Am Ufer war sogar etwas Gischt zu erkennen, die von den, in das Wasser gestützten, Bäumen zu ihnen herauf spritzte. Gernold warf einen kleinen Zweig hinein, der sofort von der Strömung mitgerissen wurde. Nur schwach war das gegenüberliegende Ufer zu sehen.

Die Menschen schauten sich an und fast verließ sie der Mut, doch Gernold und Claudia schafften es, ihnen wieder Zuversicht zu geben. Am nächsten Tag wollten sie die ersten Bäume für die Flöße fällen. Sie brauchten fünf für jedes Floß und sie brauchten mindestens fünf Flöße. Blieben also fünfundzwanzig Stämme, die sie, mit so wenig Lärm wie möglich, fällen sollten. Denn die Axthiebe wären sicher weithin zu hören. Zu weit für die Flüchtlinge, die ihr Werk vor Reitern und Flotte verbergen mussten.

Direkt am Ufer bezog ein Posten seine Stellung und beobachtete den Fluss. Nicht lange, nachdem Gernold diese Position dort übernommen hatte, sah er in der Mitte des Flusses eines der kleinen Boote fahren. Die Helme der Soldaten glänzten in der Sonne. Schnell zog es mit der Strömung dahin und er merkte sich den Sonnenstand. Nicht lange später kam es, nun viel langsamer, da es gegen die Strömung gerudert wurde, zurück und verschwand hinter einer Biegung des Flusses. Sie mussten gut aufpassen, ob das Boot mehrmals am Tag und vielleicht immer zu denselben Zeiten hier vorbei fuhr. Gernold steckte einen Stab in die Erde und markierte mit zwei kleinen Steinen die An- und Abfahrtszeiten des Schiffes anhand des Schattens, den der Stab warf.

Dies würden sie nun die nächsten Tage erst einmal kontrollieren und bis dahin ruhte die Arbeit im Wald, denn sie durften ja keinen Lärm machen, wenn das Schiff in der Nähe war. Sonst hätten sie sich auch gleich an das Ufer stellen und winken können. Bereits am Abend des nächsten Tages zeichnete sich ein Muster bei den Steinen ab. Das Boot fuhr scheinbar regelmäßig auf und ab. Nun wusste Gernold alles, was er dazu wissen musste. Für den nächsten Morgen wurden die Waldarbeiten abgesprochen und ein Teil der Gefahr, das erkannt werden vom Fluss aus, war damit geklärt. Blieb nur die Gefahr der Reiter, doch würden die sich in das Waldstück trauen? Hier konnten sie ja ihre Pferde nicht einsetzen.

12. Kapitel

Nur knapp entkommen

Weit über die Fläche waren die Schläge zu hören. Tengus hatte sie schon am Morgen bemerkt. Doch da war nichts für ihn zu holen. Was sollte er mit den Flüchtlingen? Da war nichts wirklich als Beute zu verwenden. Das Hab und Gut, welches diese Menschen einst besessen hatten, hatten sie sicher zurück gelassen. Er saß auf seinem Sessel und dachte nach. Gerda saß hinter ihm, praktisch Rücken an Rücken mit ihm, auf der Decke. Einige Männer betraten das Zelt des Anführers und es begann zuerst ein normales Gespräch.

Zwar konnte Gerda die Sprache nicht verstehen, doch sie spürte die Schwingungen und den Tonfall der Männer. Immer lauter wurde das Zwiegespräch zwischen Tengus und einem der Anwesenden. Als Gerda sich vorsichtig umdrehte, sah sie einen besonders großen Mann dort stehen, der die Anderen um mehr als einen Kopf überragte. Offensichtlich hieß er Archus, zumindest nannte ihn Tengus so.

Die Frau duckte sich wieder weg, als sie das zornige Funkeln in den Augen des Mannes sah. Schließlich verließen die Männer im Streit das Zelt und wenig später hörte die Frau ein paar Reiter wegreiten. Tengus stöhnte „Diese Dummköpfe, was glauben sie dort zu gewinnen?" da er es in ihrer Sprache gesagt hatte, hatte Gerda es verstanden. Vermutlich hatte er es auch nur für sie gesagt. Sie stand auf und ging um den Sessel herum. Dann setzte sie sich zu seinen Füßen und blickte ihn fragend an.

„Archus liebt die Gewalt. Er will töten und beherrschen. Töten um des Tötens willen ist nicht gut." sagte er und Gerda nickte. Sie schmiegte sich an seine Beine und blieb einfach so sitzen. Die Frau begann zu Grübeln. Hatten diese wilden Horden, von Tengus geführt, nicht auch ihr Dorf überfallen und geplündert? Woher kam nun dieser Gedanke von Tengus? War das eine Art von Mitgefühl? Sie blickte zu ihm auf, dann wanderte ihr Blick nach draußen. Was wollten die Männer jetzt? Hing es mit den Axthieben zusammen, die mehr als deutlich zu hören waren? Vermutlich ja.

Claudia und Gernold hatten das Ufer nach einer geeigneten Stelle für den Beginn ihrer Flussüberquerung abgesucht und nachdem sie diese gefunden hatten, hatten sie sich ihrer innigen und liebevollen Vereinigung hingegeben. Nebeneinander lagen sie nackt am Flussufer im warmen Sand, als sie Schreie im Wald hörten. Schnell rafften sie ihre Kleidung zusammen und suchten sich ein Versteck. Ein Stückchen Flussabwärts sahen sie eine, mit Sträuchern überwucherte, Vertiefung, in die sie sich flüchteten.

Die Schreie kamen immer näher und Gernold hielt die Frau fest in seinem Arm. Zusammen duckten sie sich in das Dunckel der Sträucher. Vor ihnen am Ufer, keine vier Schritte entfernt, lief eine schwarz gekleidete Person mit gespanntem Bogen am Gesträuch entlang. Claudia zuckte zusammen und hätte sicher auch geschrien, wenn Gernold ihr nicht schon vorsorglich den Mund zugehalten hätte. Sie presste ihr Kleid an sich und drückte sich, so weit wie nur irgend möglich, in die Dunkelheit zurück. Der Mann ging vorbei und sie warteten noch eine ganze Weile still in ihrem Versteck, bis auch die letzten Schreie aus dem Wald verklungen waren.

Vorsichtig, sich nach allen Seiten umsehen, traten die Zwei wieder ans Ufer und zogen sich erst mal ihre Kleidung an. Dann machten sie sich auf die Suche nach ihren Freunden. Nicht weit entfernt fanden sie auch schon die ersten Toten im Gras liegend vor. Langsam tauchten auch ein paar Überlebende aus dem Wald auf und trafen auf der kleinen Lichtung in der Mitte zusammen. Nicht einmal zwanzig Menschen hatten den Angriff der Männer überlebt. Um sie herum lagen die Leichen von mehr als der Hälfte ihrer Gruppe. Die Männer erschlagen, die Frauen geschändet und dann getötet, oder getötet und dann geschändet.

Dreißig von ihnen hatten den Bau des Floßes nicht überlebt, oder waren geraubt worden, und das, obwohl das Floß noch nicht mal das Wasser berührt hatte. Claudia drehte sich zu Gernold um und weinte sich an seiner Schulter aus, schließlich hatte doch ihr Plan das Leben der Anderen gefordert. Er tröstete sie, danach beerdigten sie ihre Freunde und zählten zusammen. Es waren nur acht Stämme, die sie für ihr Floß hatten, damit konnten sie, wenn sie nicht noch einmal die Axt schwingen wollten, gerade einmal zwei Flöße zu je vier Stämmen bauen. Es konnte gehen, aber es wurde knapp.

Nach einer kleinen Erholungspause begannen sie mit dem Zusammenbau der Flöße. Jedes Geräusch, so weit wie möglich, vermeidend, bewegten sie sich durch den Wald, selbst die Gespräche wurden gedämpft geführt. Die Angst vor einem erneuten Angriff steckte allen in den Knochen und so beschlossen sie, dass nur die Hälfte bauen sollte und die andere Hälfte mit Pfeil und Bogen am Waldrand auf Wache ging. Dass sie sich damit von Gernold trennen musste, gefiel Claudia zwar gar nicht, aber schließlich siegte die Vernunft und sie baute mit den anderen Frauen am Floß.

Vorsichtig zogen sie einen Stamm nach dem anderen zu der Stelle, die sie erst vor Stunden erkundet hatten. Das Ufer war dort sehr flach und man konnte die Stämme im Sand nebeneinander schieben. Dort wurden sie dann mit Strick verbunden. Sie hatten zwar zuerst vorgehabt, die Stämme mit Nägeln zu verbinden, doch nun traute sich keiner mehr, auch nur ein einziges lautes Geräusch zu machen, und sei es nur das Einschlagen eines Nagels gewesen. So mussten eben die Seile halten. Sie zogen jedes Seil doppelt um den Stamm und verknoteten es. Immer mit dem Fluss im Rücken hatten sie auch ständig, wenn sie sich umdrehten, die Kraft des Gewässers vor Augen und dieser Kraft musste das Floß standhalten.

Als sich langsam die Dämmerung über sie senkte, hatten sie das erste Floß fertig und sicher würden sie mit dem zweiten am nächsten Tag fertig werden. Dann hing es nur noch vom guten Wetter ab, wann sie den Fluss überqueren konnten. Es durfte nicht zu viel Wind sein und die Strömung durfte auch nicht so stark an den zusammengebundenen Baumstämmen zerren.

Auch wenn sie wussten, dass die Männer aufpassten, so drehten sich die Frauen doch immer mal wieder angstvoll um, wenn irgendwo ein Ast knackte oder etwas in das Wasser fiel. Claudia war einfach nur glücklich, als Gernold sie wieder in seinen Armen hielt und nun wusste sie, dass ihr nicht passieren konnte. Wenn er da war, dann war alles gut. In dieser Nacht wagten sie auch nicht, ein Feuer zu machen. Hier direkt am Fluss war es nicht so warm, wie oben auf der Ebene oder im Wald, aber sie wollten das Floß nicht verlassen und so mussten sie sich ohne Feuer aneinander kuscheln. Auch dabei genoss sie die Nähe und Wärme des geliebten Mannes.

13. Kapitel

Gerettet?

ie Männer waren schon wenige Stunden später wieder im Lager eingetroffen. Überall rings um das Zelt hörte man nun das Schreien von Frauen. Gerda hatte ihren Platz zu Füßen von Tengus nicht verlassen und hatte den Blick auf den offenen Eingang des Zeltes gerichtet, als Archus sich dort zeigte. Er drohte den Beiden mit der Faust, dann zog er eine junge Frau, nicht viel älter als Gerda, vor den Eingang, warf sie zu Boden und begann sie direkt vor ihnen zu schänden. Die gellenden Schreie der Frau drangen in Gerdas Ohren, die sie sich schnell zu hielt. Sie drehte sich zu Tengus, der das Schauspiel mit unbeweglichem Gesicht ansah. Mit vor Schreck aufgerissenen Augen starrte sie ihn von unten herauf an.

Keine Regung zeigte sich bei ihm, denn er durfte keine Regung zeigen, das würde sicher sofort als Schwäche ausgelegt und die konnte er sich nicht leisten. Denn sonst wären sie Beide verloren. Plötzlich hörten die Schreie auf, die Gerda auch mit zugehaltenen Ohren hatte hören müssen. Sie fuhr herum und sah wie Archus aufstand, sich die Hose hochzog und wieder mit der Faust in ihre Richtung drohte, dann band er den toten, oder sterbenden, Körper der Frau an sein Pferd und ließ sie aus dem Lager schleifen. Die Drohung, die Archus ihnen damit zukommen lassen wollte, hatte diese Frau mit ihrem Leben bezahlt und Gerda war klar, dass die Drohung vor allem in ihre Richtung gegolten hatte. Wenn der Mann gekonnt hätte, so wäre sie sicher die Nächste gewesen, doch sie stand unter dem Schutz von Tengus und der andere Mann wollte sich offensichtlich nicht gegen den Anführer wenden. Zumindest noch nicht.

Tengus stand auf und verschloss das Zelt, dann kam er zurück zu Gerda und küsste sie. Gemeinsam blieben sie schweigend einfach nur so sitzen, bis die Dämmerung sich über das Lager senkte. Noch immer hörte man vereinzelte Schreie der anderen Frauen in dem Lager. Gerda drückte sich eng an die Schulter des Mannes und genoss es, unter seinem Schutz zu stehen. Die Anspannung des Tages begann sich zu lösen und schließlich streifte sie ihr Kleid ab und kniete sich in ihre Position. Diesmal streichelte er sie besonders lange und zärtlich. Schultern, Schulterblätter und Rücken wurde mit Streicheleinheiten bedacht und schließlich vereinigten sie sich, nur um kurz danach einfach nebeneinander einzuschlafen.

Sie erwachte, als Tengus aufstand. Er hatte sie zugedeckt und knöpfte sich gerade seine Jacke zu „Ich muss noch einmal fort. Bleib im Zelt, hier bist du sicher." sagte er und küsste sie. Wenig später war er fortgeritten und sie lag immer noch in der Mitte des Zeltes. Die Morgensonne schien in ihr Gesicht und sie dachte an die Nacht. Sie hatte Angst, Tengus nie wieder zu sehen. Davor hatte sie mehr Angst, als vor Archus, der ja in ihrer unmittelbaren Nähe war. Kurz darauf, sie war gerade dabei die Decken zusammen zu legen, passierte es.

Archus betrat das Zelt und Gerda fuhr herum. Er packte sie an der Hand und versuchte sie an sich zu ziehen. Doch es blieb bei dem Versuch. Der Mann hatte kaum Kraft und die Frau hatte keine Mühe, ihm ihre Hand zu entziehen. Wie hatte Tengus gesagt? Im Zelt war sie geschützt! Der Mann verließ das Zelt unverrichteter Dinge und ohrfeigte draußen einen seiner Männer, der zu Boden stürzte. Gerda setzte sich ruhig in die Mitte des Zeltes, aber konnte sie den ganzen Tag hier drin bleiben? Vorerst ja, und zur Notdurft hockte sie sich draußen schnell neben den Eingang, immer auf dem Sprung, zurück in das schützende Zelt.

Den ganzen Tag hatten sie das zweite Floß zusammengebaut und zum Wasser getragen. Alle warteten in den Büschen, dass das Boot der Römer verschwunden sein würde, dann hätten sie eine längere Pause, in der sie es wagen wollten, über den Fluss zu fahren. Gernold gab das Zeichen und die ersten Zehn schoben das Floß in die Strömung. Nur mit Mühe konnten sie es solange festhalten, bis der Letzte von ihnen darauf Platz genommen hatte. Schnell zog das Floß davon, von den improvisierten Paddeln auch noch beschleunigt. Nun folgte das andere Floß, an dessen hinterem Ende, sozusagen als Letzte, Claudia und Gernold Platz nehmen sollten.

Sie hatten alle Not, sich auf dem schwimmenden Brett, denn mehr waren die vier zusammen gebundenen Stämme ja nicht, irgendwie festzuhalten. Es rüttelte und schüttelte, wie ein wild gewordener Ochse. Vom vorderen Floß wurde ein Mann geschleudert, der sofort im Fluss versank. Nur ein paar Mal war noch sein Kopf zu sehen gewesen, niemand konnte ihn retten. Nun klammerten sich alle noch viel mehr fest, doch sie mussten ja auch noch paddeln. Mit einem Schrei zeigte eine der Frauen, die vor Claudia saß, auf das andere Floß, das mitten im Fluss plötzlich auseinanderbrach. Die Menschen darauf versuchten sich festzuhalten oder zu schwimmen, doch fast alle wurden sofort abgetrieben.

Nur zwei der Männer von ihnen schafften es, sich an das zweite Floß zu klammern und wurden einfach mit diesem zum Ufer gezogen. Nun griff die Strömung immer mehr in ihr Floß und drückte es zur anderen Seite. Mit einer unfassbaren Geschwindigkeit kam das Ufer immer näher. Einer der Männer schrie noch „Festhalten!", doch bevor Claudia das konnte, schleuderte sie der Aufprall durch die Luft. Im letzten Moment konnte sie eines der Seile an der anderen Seite des Floßes ergreifen, doch das Wasser erfasste sie und sie wurde unter das Floß gezogen. Sie schluckte Wasser und dachte schon „Alles aus!" da ergriff sie eine Hand vom Floß aus und zog sie ans Ufer. Sie spuckte das Wasser aus und hustete kniend an Land. Einen Augenblick später umarmte sie Gernold und er rief „Gerettet!"

Für einen Moment dachte sie nur daran, dass sie wieder auf dem Trocknen war, doch dann fiel ihr ein, dass sie ja auf der anderen Seite des Flusses waren. Somit war sie doppelt gerettet. Vor dem Ertrinken und vor den Reitern. Als die Dämmerung langsam auf sie herunter sank trockneten sie ihre Sachen an einem kleinen Feuer hinter dem Uferwald. Geschützt vor den Blicken der Männer auf dem Wachboot, die ihnen ja eigentlich nichts mehr tun konnten. Zwölf Personen hatten überlebt, wo die anderen waren, und ob sie noch lebten, wusste keiner von ihnen.

14. Kapitel

Ein neues Leben

ie Sonne war gerade untergegangen, als Tengus wieder am Zelt eingetroffen war. Er betrat das Zelt und Gerda fiel ihm um den Hals. Diesmal ließ er es zu. „Ich war bei meinem Anführer. Du bist nun meine Frau." sagte er nur und verschloss den Eingang des Zeltes. Gerda streifte ihr Kleid ab und wollte sich vor ihn knien, wie sie es schon so oft gemacht hatte, doch er zog sie an sich und küsste sie lange. Dann legte er sie mit dem Rücken auf den Boden. Bisher hatte sie ihm noch nie dabei zugesehen.

Tengus begann ihre Vorderseite genauso zärtlich zu streicheln, wie er sonst ihre Rückseite berührt hatte. Seine Finger glitten durch ihr Haar, über ihre Schultern und Brüste, über ihren Bauch hin zum Schoß. Sie genoss die innige Vereinigung mit ihrem Mann. Ein Zittern durchlief mit einem Mal ihren Körper. Er zog sie zu sich und wieder küssten sie sich lange. Schließlich lösten sie sich voneinander und sanken erschöpft zu Boden. Nun war er ihr Mann, alles was sie je gewollt hatte. Ihr Vater hätte dieser Wahl sicher nie zugestimmt, doch dieser Mann war ihr Schicksal. Sie hatte ihr Glück in den Armen von Tengus gefunden. Zusammen schliefen sie nebeneinander im Zelt ein, unter der Decke, die er schnell über sie gezogen hatte.

Auf der anderen Seite des Flusses waren Claudias Sachen gerade trocken geworden. Sie zog sie wieder an, kuschelte sich in die Arme von Gernold und schaute in die Flammen des Feuers. Einige der Frauen stimmten ein altes Lied an und alle sangen mit. Was würde ihr neues Leben ohne Angst wohl bringen? Auf alle Fälle wollte sie mit Gernold zusammen bleiben. Er schlang seine Arme um sie und die Beiden küssten sich. Kurz darauf verließen sie das Feuer und legten sich auf die Wiese, um zu den Sternen hinauf zu schauen.

Gemeinsam machten sie sich Gedanken, was kommen würde. Das Einzige, das sie sicher wussten, war, das sie hier drüben erst mal in Sicherheit waren. Alles andere würde sich fügen. Immer schöner wurden die Vorstellungen darüber, wie sie wohl leben würden. Die Frau hatte schon etwas von Rom gehört und Gernold war dort früher sogar schon mal als Händler gewesen. Sie hing an seinen Lippen, als er von den weißen Tempeln und den warmen Badehäusern erzählte, die er dort vor zehn Jahren gesehen hatte.

Sie gingen zurück zu den Anderen an das Feuer und stimmten in das alte Lied mit ein. Fünf Frauen und sieben Männer saßen oder lagen im Kreis vor dem Flammen. Zwölf Wünsche für die Zukunft flogen unausgesprochen zum Mond hinauf und zwölf Menschen hofften, dass sie sich erfüllen würden. Die Erschöpfung sorgte dann dafür, dass einer nach dem anderen einschlief.

Die Strahlen der Sonne weckten die Gruppe am nächsten Morgen wieder und gemeinsam zogen sie vom Fluss weg nach Süden. Zuerst war es mehr ein Feldweg, der aber schon bald in einen breiteren Weg, der mit Steinen gepflastert war, mündete. Den ganzen Tag waren sie so unterwegs gewesen, bis sie in den Strahlen der untergehenden Sonne eine kleine Siedlung direkt vor sich sahen. Die Zwölf standen an einer Wegegabelung, an der sich nun wohl ihr gemeinsamer Weg in zwölf einzelne Wege aufteilen würde. Links ging ein Weg zu ein paar Bauerngehöften, aus denen schon die Tiere zu hören waren, so nah waren sie den Häusern. In der Mitte führte der Weg weiter geradeaus in die Siedlung hinein, wo Handwerker und Händler sicher auch ein Auskommen für die Neuankömmlinge versprachen.

Nach rechts führte der Weg zu einer Anhöhe, auf der schon die weißen Fassaden der herrschaftlichen Villen zu sehen waren, die hoch über der Stadt thronten. Wohin sollte Claudias Weg führen? Sie sah

Gernold an und in diesem Moment fragte er sie „Willst du deinen Weg als meine Frau mit mir zusammen fortsetzen?" gern stimmte sie zu und schon ein paar Augenblicke später zog er sie nach rechts, auf den Pfad den Hügel hinauf.

Auch für Gerda war es ein ganz neuer Tag. Sie saß nun an der Seite ihres Mannes im Zelt. Zwar saß er auf dem Sessel und sie daneben, fast unter ihm, auf einer zusammengelegten Decke. Aber sie musste nicht mehr hinter ihm versteckt, Rücken an Rücken zu ihm, sitzen. Den ganzen Tag kamen und gingen fremde Männer in das Zelt. Da sie die Sprache immer noch nicht verstand, und Tengus sie ihr ja auch offensichtlich nicht beibringen wollte, konnte sie nur dasitzen und auf die Schwingung und den Tonfall der Stimmen hören. Sie schaffte es dadurch ganz gut, sich in die Männer hinein zu versetzen.

Natürlich durfte sie nichts sagen und sie durfte auch keinerlei Regungen zeigen. Das hatte sie sich bei ihrem Mann abgeschaut. Und da sie sowieso nichts verstand, fiel ihr das auch gar nicht so schwer. Nur die blitzenden Augen von Archus und der Hass in seiner Stimme machten ihr Angst. Dieser Mann war offensichtlich sehr gefährlich und sie wollte ihm niemals alleine begegnen. Die Gewalt, die er der anderen Frau, direkt vor ihren Augen, angetan hatte, war eine deutliche Drohung gewesen. Nicht nur für Tengus, sondern vor allem gegen sie, als Frau, gerichtet. Das hatte sie ganz deutlich gespürt. Nun hatte sie wieder bemerkt, dass keiner der anderen Männer hier einen Bart trug, so wie Tengus. Offensichtlich war er der einzige hier. Zwischendurch ließ er ihr immer mal wieder etwas zu trinken oder zu essen bringen.

Am Ende des Tages schaute er sie einfach nur fragend an und sie nickte ihm zu. Sie hatte schon verstanden, dass, wenn das Zelt offen stand, sie sich so benehmen musste, wie sie es von Tengus sich abge-schaut hatte. Erst wenn er am Abend das Zelt schloss, waren sie wie-der Mann und Frau. Was jedoch nicht bedeutete, dass er mehr als drei Sätze am Tag mit ihr sprach. Er war ein Mann der Tat und nicht ein Mann vieler Worte. Aber das musste man sicher hier auch sein, um zu überleben und die Kontrolle über so viele Männer zu behalten. Ihr neues Leben gefiel ihr soweit ganz gut und Tengus sah nun mehr die Frau in ihr. Die Zeit, als er sie zugeritten hatte, lag nun weit hinter ihr und sie war einfach nur noch glücklich.

15. Kapitel

Wege über das Land

Die Störche zogen über sie dahin und Gerda schaute ihnen, auf ihrem Flug der Mittagssonne entgegen, nach. Es war gerade mal der Anfang des Herbstes und die Frau wusste, dass es ein kalter und früher Winter werden würde, wenn diese Vögel schon so früh im Jahr ihren langen Zug antraten. Sie war nun schon mehr als vier Monde bei Tengus und nie im Leben hätte sie zuvor geglaubt, so einen weiten Weg je zurück zu legen.

Weit in den Westen waren sie gekommen, immer an dem breiten Fluss entlang. Vor den Reitern flohen alle nach Westen oder Norden und durchmischten die angesiedelten Stämme ordentlich. In den umgefallenen Wagen am Wegesrand sah Gerda Menschen aus verschiedenen Stämmen. Sie konnte sie nur an der Kleidung auseinander halten und am Schmuck, den die Toten oft noch trugen. Es waren Goten, so wie sie selbst, Alanen und Vandalen dabei. Auch Angehörige von Stämmen, die sie noch nie zuvor gesehen hatte, sah sie hier.

Sie lief nun immer neben dem Wagen her und führte das Pferd, seit sie die Frau von Tengus war. So gab sie einen der Kämpfer frei und sie hatte mehr Bewegung. Wie es aussah, war sie die einzige Frau unter vielen hundert Männern. Oft hatte sie die geschändeten und getöteten Mädchen oder Frauen am Wegesrand gesehen. Sie sah den Blick der Männer, wenn sie ihr begegneten. Nur der Schutz ihres Mannes sorgte dafür, dass sie überhaupt noch unbeschadet und am Leben war. Aber wie würde wohl der Winter werden? Wieder sah sie den Störchen nach.

Weit entfernt im Südosten stand Claudia im Garten der Villa und hörte über sich das Schreien der Kraniche. Auf die Hacke gestützt sah sie den Hang hinunter. Sie hatten es hier ganz gut getroffen. Gernold arbeitete bei einem reichen Weinhändler und sie half dessen Frau im Haus und Garten. Sie war keine Sklavin, sondern eine freie Frau geblieben. Aus dem Haus rief Sofia nach ihr und sie drehte sich zu ihr um. Mit der Hacke in der Hand ging sie zu Sofia hinüber. „Heute Abend kommen unsere Männer zurück. Wir müssen noch was für das Fest vorbereiten." sagte sie und Claudia lehnte das Gartengerät an die Wand des Hauses.

Gemeinsam betraten sie das Haus und begannen, nachdem sie sich gewaschen hatten, in der Küche die Speisen vorzubereiten. Fisch gab es und auch ein großes Stück Schafsfleisch. Arbeit und Erzählen ging ihnen leicht von der Hand und sie waren richtige Freundinnen geworden. Nicht Herrin und Gehilfin, sondern zwei Frauen, die sich verstanden und mochten. Zwei Sklavinnen arbeiteten ihnen bei der Speisenzubereitung zu. Die beiden Männer waren schon zwei Wochen unterwegs. Gernolds Fähigkeiten im Handel, seine Kenntnisse der verschiedenen Sprachen und sein Wissen über Wein, waren für den Händler Gold wert. Vom ersten Augenblick an waren sich die beiden Männer sympathisch gewesen.

Gerade war alles fertig geworden, als auch schon der Wagen im Hof hielt. Claudia lief nach draußen und direkt in die Arme ihres Mannes. Ein langer Kuss folgte der Begrüßung. Viel zu lange war er weg gewesen. Während die beiden Männer sich im Badehaus frisch machten und die Sklaven den mitgebrachten Wein abluden, bereiten die beiden Frauen das Mahl für den Abend weiter zu. Es sollte ja etwas festlicher zugehen, nach dieser Zeit der Trennung, und so gaben sie sich bei der Dekoration des Raumes eine besondere Mühe.

Die beiden Frauen hatten sich neue schöne Sachen angezogen, die sie erst am Tag zuvor auf dem Markt der Stadt gekauft hatten. Während Sofia eine seidig schimmernde Stola trug, hatte sich Claudia für eine gelbe Tunika entschieden, die fast zu dick war, um sie im Haus zu tragen, doch sie wollte ihrem Mann unbedingt das gute Stück präsentieren. Nach ihrem Bad hatten sich die Männer für eine leichte Tunika aus Leinen entschieden, mit denen sie in den zentralen Raum der Villa erschienen. Natürlich fiel den Beiden auch die Kleidung der Gemahlinnen auf, wofür sie den beiden Frauen auch sofort ihre Anerkennung aussprachen.

Liegend auf den Speisesofas nahmen sie, nachdem sich alle feierlich Hände und Füße gewaschen hatten, auch wenn sie gerade erst im Bad gewesen waren, das festliche Mahl ein. Es gab Früchte, Fleisch und verschiedene Zuspeisen, die auf dem Tisch in der Mitte, der um ihn herum im Viereck aufgestellten Speisesofas, lagen. Bereits wenig später lag Claudia auf dem Sofa von Gernold mit ihm zusammen und ließ sich süße Trauben von ihm in den Mund stecken. Julius, der Händler, sagte schließlich, dass sie in der folgenden Woche nach Rom aufbrechen wollten.

Sie hatten einen besonderen Wein bekommen, den sie mit großem Gewinn in der Hauptstadt zu verkaufen hofften. Claudia begann Julius und Gernold zu überreden, sie doch auf dieser Reise mitzunehmen. Viel zu viel Gutes hatte sie schon über Rom erfahren und als Julius zustimmte, wollte natürlich auch Sofia mitkommen. Noch vor dem Ende des Essens waren sich die Vier einig. Als die Sklaven begannen den Raum wieder aufzuräumen, trug Gernold seine Frau auf seinen Armen in das Nebengebäude, wo sich ihr Wohnraum befand.

Claudia schlang ihre Arme um seinen Hals und als er sie in das Bett legen wollte, zog sie ihn zu sich und küsste ihn. Sie hatte nun ein wirklich gutes Leben und die Schrecken der Flucht waren weit fort. Nur manchmal dachte sie daran, was wohl passieren würde, wenn die Reiter den Fluss an irgendeiner Stelle überwinden würden. Hätten die römischen Legionen dann die Kraft, den wilden Kämpfern standzuhalten? Sie glaubte es nicht und eigentlich wollte sie daran lieber auch nicht denken, doch immer wieder drängte sich diese bedrohliche Idee auf. Doch ein Kuss von Gernold verjagte die nutzlosen Gedanken. Sie gab sich dem geliebten Manne hin und genoss seine starken Arme.

Nach dieser Nacht konnte es Claudia gar nicht schnell genug gehen. Sie mussten einen zweiten Wagen besorgen, in dem die beiden Frauen fahren würden. Zusätzlich zu dem Wagen, in dem die Männer den Wein transportieren wollten. Somit wären sie dann zu sechst. Claudia, Sofia, Julius, Gernold und zwei Sklaven, die für den Weintransport sorgen würden. Sie alle würden dann den Weg über das Land, in die ferne Stadt im Süden, antreten. Damit schrumpfte zwar auch sein Gewinn, aber Julius hatte sich so entschieden und er konnte damit zwei Frauen sehr glücklich machen und das war mehr als Gold wert.

Langsam setzte sich der Zug der beiden Wagen in Bewegung. Immer von Herberge zu Herberge zogen sie zuerst in Richtung Westen und danach der Sonne entgegen, nach Süden. Sie waren eine ganze Weile unterwegs, aber so konnten sie der kalten Jahreszeit entgehen. Sicher würden sie bis zum Frühjahr in der fernen Stadt bleiben können und darauf freuten sich nicht nur die beiden Frauen.

16. Kapitel

Alles nur Zauberei?

Sie saß im Zelt und schaute ihren Mann an. Schon eine ganze Weile hatte Gerda beobachtet, wie sich die Männer Tengus gegenüber verhielten. Selbst Archus hatte Respekt vor ihm und das obwohl er sicher viel stärker war, als der Anführer der Gruppe. Meist reichte ein Blick von Tengus, wenn es unter den Männern einen Streit gab, und sofort war Ruhe. Immer wieder hatte sie sich gefragt, wie er das machte, aber er hatte ihr nie etwas davon erzählt oder verraten.

In der Zeit, die sie nun schon hier bei der Gruppe lebte, war er einfach manchmal für einen Tag verschwunden und sie hatte sich schon oft gefragt, wo er da wohl alleine hin ritt. Denn wenn er zum Anführer oder auf Beutezug ging, so hatte er ja immer viele seiner Leute dabei, aber dorthin ging er immer allein. Eines Morgens, nach dem Aufstehen, sagte er nur „Komm mit!" und Gerda schaute ihn nur mit großen Augen fragend an. Sie erwartete eine Erklärung oder ein Wort zum Ziel, aber das war alles, was er sagte. Nur zwei Worte, schließlich kannte sie ihn ja, was hatte sie mehr von ihm erwartet?

Vor dem Zelt ließ er für sie ein Pferd bringen und schwang sich auf seinen Schimmel. Gerda war noch nie auf einem Pferd geritten und das machte ihr etwas Angst. Das Pferd schien das zu spüren und lief unruhig vor ihr hin und her. Tengus legte seine Hand auf die Nase des Tieres, das sofort wie angewurzelt stehen blieb. Gerda raffte ihren Rock hoch, stieg mit dem Fuß in den, an der Seite des Tieres an einem langen Lederriemen angebrachten, Ring und schwang sich in den Sattel. So saß sie nun auf dem Rücken des zotteligen Reittieres und Tengus nahm die Hand wieder weg.

Zu zweit nebeneinander liefen die Pferde, ohne dass die Frau am Zügel ziehen musste. Der Mann führte sein Pferd und ihres folgte ihm einfach. Als sie aus dem Lager heraus waren, begann er in den Galopp zu gehen und Gerda musste sich mit ihren Beinen gegen die Seiten des Tieres drücken, um nicht herunter zu fallen. Zum Glück musste sie nicht auch noch das Tier führen, sonst wäre es sicher schwierig für sie geworden. Breitbeinig, mit dem hochgezogenen Rock, drückte sie sich gegen den Sattel und die Flanken des Ponys. Die beiden Ringe, in die sie ihre Füße gesteckt hatte, gaben ihr zusätzlichen Halt.

Sie hatte schon früher in ihrem Dorf oft Reiter gesehen, wenn Krieger oder reisende Händler es passierten, aber solche Fußringe hatte sie zuvor noch nie bei ihnen bemerkt und anscheinend waren die wilden Reiter deshalb so treffsicher, mit dem Bogen vom Rücken ihrer Pferde, weil sie diese Ringe hatten. Schon oft hatte sie gesehen, wie die Männer in voller Geschwindigkeit einen Pfeil nach dem anderen in ihr Ziel brachten, ohne die Zügel in den Händen zu halten. Sie sah auf ihren Mann, der sein Pferd fast ohne eine Bewegung führen konnte, das Tier lief von selbst. Nach einer Weile sah Gerda einen kleinen Felsen, der mitten in der Ebene lag.

Direkt vor dem Felsen, der mehr ein sehr großer Stein war, stoppte Tengus und half seiner Frau vom Pferd. Dann brachte er die beiden Tiere zur Seite und kam mit einem Beutel zurück, den er vom Sattel seines Pferdes gelöst hatte. Zusammen mit ihm suchte Gerda etwas Holz für ein kleines Feuer, an das sie sich setzten. Der Mann zog eine kleine Trommel aus dem Beutel und begann damit einen Takt zu schlagen, in welchen er mit einen Gesang einstimmte. Das ging eine ganze Weile, bis er in Trance fiel und auch Gerda fiel plötzlich am Feuer einfach zur Seite um. So lag sie neben den züngelnden Flammen und es wurde ihr schwarz vor den Augen.

Mit einem Blitz kamen Visionen in ihr Bewusstsein. Sie stand auf einer grünen Wiese und seltsame Tiere und Gestalten stürzten im Traum auf sie ein. Die Tiere verschwanden mit großen Schwingen nach oben und verdunkelten den Himmel. Ein neuer Blitz zuckte zu ihr herunter. Nun sah sie sich selbst in einem Kreis von Pferden sitzen, die um sie herum liefen. Eines trat auf sie zu und berührte sie an der Schulter. Sie wachte auf und schaute in das Gesicht ihres Mannes. „Die Natur ist mein Gott. Meine Ahnen sind die Vermittler zwischen den Welten." sagte Tengus und holte einen großen, weißen Knochen aus dem Beutel, den er in das Feuer legte.

Das Wort „Gott" hatte er sicher nur gebraucht, weil es in Gerdas Sprache am besten zu dem passte, was er meinte. Er sah die Natur sicher nicht als Person an, wie es die Götter in Gerdas Glauben waren. Nun hatte Gerda einen Teil dessen verstanden, was der Mann machte. Es war keine Zauberei, sondern er arbeitete mit den Naturgottheiten zusammen. Sie halfen ihm. Er zog den angebrannten und teilweise verkohlten Knochen aus dem Feuer und betrachtete ihn. „Ich werde lange mit dir leben, aber anders, als du es dir im Moment vorstellst." sagte er. Sie fragte nach, was er damit meinte, bekam aber keine Antwort von ihm.

Mit etwas Erde löschten sie das Feuer und ritten zurück. Die Sonne ging gerade unter, als sie sich dem Lager näherten. Gerda musste ein paar Stunden in Trance gewesen sein, obwohl es ihr nur wie ein paar Augenblicke vorgekommen war. Mit den letzten Strahlen der Sonne erreichten sie ihr Zelt wieder. Am Abend saßen sie vor einem Feuer, das Tengus direkt vor dem Eingang des Zeltes gemacht hatte. Gerda sah nun verschiedene Wesen in den Flammen. Gesichter, Tiere oder sogar Hände waren zu erkennen. Es war so, als ob die Trance für die Frau eine Verbindung zu ihren eigenen Ahnen geöffnet hatte.

Und es waren ihre Ahnen, die sie sah. Sie sah einen Wolf und einen Hirsch. Die Ahnen von Tengus zeigten sich vermutlich als Steppentiere. Als Adler, Pferde oder als Schlange. Diese Tiere hatte sie in der Trance am Felsen gesehen, hier am Feuer waren es andere. War es nun durch die Trance geschehen? Oder waren diese Wesen schon immer in ihr gewesen? Vielleicht hatte sie Tengus deshalb auserwählt, oder das Schicksal hatte sie zusammen geführt, weil sie sich so ähnlich waren.

Nun konnte sie ihren Mann viel besser verstehen. Aber sie musste erst noch lernen, diese Fähigkeiten richtig einzusetzen. Bei ihm hatte es sicher auch eine ganze Weile gedauert.

17. Kapitel

Winterzeit

Wie sie es befürchtet hatte, kam der Winter früh in diesem Jahr. Gerda sah auf die grauen Wolken und die großen Schneeflocken, die daraus zur Erde herunter fielen. Die Zelte wurden mit einer dicken Schicht Decken abgepolstert und in der Mitte brannte nun in jedem davon ein Feuer, dessen Rauch durch die Öffnung im Zeltdach nach oben abzog. Gerda trug nun immer ein zweites Kleid drüber und wenn sie das Zelt verlassen musste, dann hängte sie sich zusätzlich eine Decke um die Schultern. Die kalte Luft war sie zwar gewohnt, mehr als viele der Männer, die sichtlich froren, aber trotzdem war es selbst ihr einfach zu kalt. Die Männer hatten nun dickere Sachen an, die mit Pelz gefüttert waren. Die Gruppe der Männer hatte sich in den letzten zwei Wochen für den kommenden Winter mit anderen Gruppen zusammen getan.

Bei diesen Gruppen waren auch Frauen und Kinder dabei. Offensichtlich war die Gruppe von Tengus die einzige gewesen, bei der nur Männer waren, Gerda mal ausgenommen. Zwar konnte sie sich weder mit den Frauen noch den Kindern verständigen, doch die bloße Anwesenheit von anderen Frauen machte sie schon froh. Manchmal sah sie den Kindern zu, die im Schnee spielten und bei denen sie merkte, dass sie noch nicht so oft Schnee gesehen hatten. Es waren jetzt viele hundert Zelte, die hier standen, und jeden Tag zogen die Männer los, um Beute zu machen.

Da sie den Sommer über keine Vorräte angelegt hatten, mussten sie nun die Menschen in der weiteren Umgebung überfallen, die Vorräte hatten. Die Lebensweise der Reiter war seit Urzeiten vermutlich so, dass sie immer weiter zogen, wenn es in einer Gegend nichts mehr zu essen gab. Getreide war ihnen unbekannt und sie lebten von ihren

Tieren. Sie hatten unterwegs so viele Dörfer und Städte gesehen und erobert, und doch waren sie in keiner davon geblieben. Nicht einmal vor dem Winter wollten sie in einem dieser Häuser bleiben. Alles, was sich nicht bewegen konnte, oder was man nicht mitnehmen konnte, war ihnen vermutlich unheimlich.

Nach nur einer Woche ging der Frau der Schnee schon bis zur Hüfte und wann immer es möglich war, blieb sie nun im warmen Zelt. Nachdem auch der breite Bach, an dem sie das Lager aufgeschlagen hatten, zufror und sie das Eis jeden Tag wieder mühsam aufhacken mussten, damit die Tiere trinken konnten, machte sich eine schlechte Stimmung und Unmut, über die widrigen Bedingungen, im Lager breit. Sie verstand zwar nichts von dem, was die Menschen sagten, doch die Stimmen der Männer klangen zornig, wenn sie bei Tengus vorsprachen.

Eines Morgens waren einige der Pferde in der Kälte gestorben. Ob sie nun verhungert oder erfroren waren, konnte sie nicht sagen. Aber schon wenig später stürmte Archus in ihr Zelt herein. Er schrie, tobte und drohte mit der Faust, doch Tengus saß ungerührt auf seinem Sessel. Als der andere einen Pfeil hervor zog, ihn zerbrach und vor ihnen auf den Boden warf, stand Tengus auf. Er fuhr mit der Hand durch die Luft und augenblicklich konnte sich Archus nicht mehr bewegen. Tengus umkreiste ihn langsam und zog dann sein kurzes, gebogenes Schwert.

Er trat direkt vor Archus und der kniete sich, wie unter einem fremden Zwang, hin, ohne das Tengus irgendetwas getan oder gesagt hatte. Die Anspannung zeigte sich deutlich im Gesicht von Archus und auch die Anstrengung, mit der er versuchte sich gegen diese Kraft zu wehren, doch es half ihm nichts. Die Spitze des Schwertes auf seiner Kehle, blickte der Mann wütend zu Tengus auf, aber er konnte noch nicht mal eine Hand bewegen. Gerda schaute zu ihrem Mann und der blieb einfach so stehen, dann sagte er etwas und setzte sich wieder hin. Nun erst konnte Archus sich wieder bewegen, er stand auf und verließ wütend das Zelt.

Gerda schaute ihren Mann fragend an und der erklärte „Er hat an den Geistern unserer Ahnen gezweifelt und da musste ich ihn die Kraft unserer Ahnen spüren lassen." er steckte das Schwert wieder weg und ließ sich von ihr einen Becher Wein geben. In diesen Becher blickend sagte er „Früher gab es bei uns nur Stutenmilch, aber dieses Getränk ist auch sehr gut." dann trank er den Becher in einem Zug aus. Gerda schaute auf den zerbrochenen Pfeil, der immer noch im Zelt lag. Sie ahnte, dass ihr Mann ihr nicht alles gesagt hatte. Dieser Pfeil bedeutete bestimmt etwas anderes.

Die schlechte Stimmung im Lager machte Gerda Angst. Sie betete zu ihren Göttern, dass der Schneefall bald enden und danach der Schnee schnell wieder tauen würde. Ein langer, harter Winter könnte sonst auch für sie gefährlich werden. Nicht auszudenken, wenn sie nicht mehr unter Tengus Schutz stehen würde. Die Augen von Archus waren kalt und zornig, wenn er Gerda ansah. Nur zu gern hätte er sie in seine Finger bekommen und sei es nur, um Tengus damit zu schaden oder ihn zu schwächen. Schon einmal hatte er es ja versucht und Gerda ging ihm, wenn möglich, aus dem Weg.

Aber ihre Gebete wurden erhört, der Schneefall hörte auf und es wurde ein sehr kurzer Winter in diesem Jahr. Manchmal fragte sie sich, warum ihr Mann nicht den Schnee beendet hatte, doch vermutlich konnte er das nicht, weil seine Ahnen hier über die Natur keine Macht hatten. Nur Gerdas Ahnen hatten hier gelebt und nur sie hatten die Macht, hier etwas zu bewegen. So wie sie es vermutet hatte, wurden ihre Kräfte immer stärker.

Und je stärker die Ahnen in ihr waren, umso aufgeschlossener wurde auch Tengus zu ihr. Ihre Gespräche wurden nun manchmal sogar länger, als nur zwei Sätze und sie verstand viel von dem, was er so dachte und machte, noch bevor er es ihr erklärt hatte. Eine Vertrautheit stellte sich bei ihr ein und sie sah auch, dass er es genauso fühlte. Nur dass er über seine Gefühle nicht reden konnte, da er sie als Schwäche ansah und diese konnte er sich nicht leisten.

Allerdings wurde die Stimmung der Männer nicht besser. Offensichtlich hatte Tengus einen Teil des Vertrauens verloren, das seine Männer in ihn gesetzt hatten, und das Lebenswichtig für ihn war. Gerda dachte wieder an den zerbrochenen Pfeil und an das Gesicht, dass ihr Mann gemacht hatte, als er ihn damals aufgehoben hatte. Vieles von dem Leben dieser wilden Reiter hatte sie noch nicht verstanden und Tengus wollte es ihr auch nicht erklären. Doch sie ahnte die Gefahr.

18. Kapitel

Verrat und Verräter

E s war Frühling geworden und die Gruppen hatten sich wieder verteilt. Seit zwei Wochen zog Tengus Gruppe nun schon wieder in Richtung Westen. Allerdings machten sie nun nicht mehr die große Beute, wie im vorangegangenen Herbst, aber das war ja eigentlich auch normal. Zumindest sah das Gerda so, sie wusste, dass nach einem Winter die Vorräte bis zum Beginn der nächsten Ernte etwas gestreckt werden musste. So hatten sie es in ihrem Dorf auch gemacht, soweit sie zurück denken konnte. Der Hunger des Frühjahres war ihr noch gut in Erinnerung.

Einige der Reiter hatten aber sicherlich erwartet, dass ihnen nun wieder eine reichere Beute zufallen würde. Die zuvor, durch die Schneeschmelze, besser gewordene Stimmung verfinsterte sich wieder, angesichts der leeren Scheunen und Ställe bei ihren Beutezügen. Die Frau konnte das ganz deutlich spüren und las es auch an den Gesichtern der Männer ab. Aber alles, was sie versuchte, um es Tengus zu erklären, tat dieser nur mit einem Kopfschütteln ab. Sicher hatte er es verstanden, doch er konnte es seinen Männern nicht erklären. Das Leben als Nomade und die Vorratswirtschaft der Bewohner hier waren zwei vollkommen unvereinbare Ansätze.

Eines Morgens fand sie beim Verlassen des Zeltes ein ganzes Bündel zerbrochener Pfeile vor dem Eingang zu ihrem Zelt vor. Auch Tengus hatte diese bemerkt und seine Miene verfinsterte sich wieder. Dies wiederum machte Gerda Angst, da er ja sonst in der Öffentlichkeit keinerlei Regung zeigte. Irgendetwas Schlimmes bedeutete dieses Zeichen und sie dachte daran, dass Archus damals, als die Pferde gestorben waren, ebenfalls einen Pfeil zerbrochenen und vor ihre Füße geworfen hatte.

Es waren sicher mehr als ein Dutzend der Geschoße, die Gerda vor dem Zelt aufgehoben hatte. Die Frau warf sie zur Seite in ein Gebüsch und hoffte, dass damit alles gut war, doch das änderte nichts an der Situation im Lager. Sie sah sich um, doch niemand war in der Nähe zu sehen. Wer hatte diese zerbrochenen Geschosse da hingelegt? War es eine Warnung oder eine Drohung? Und gegen wen? Gegen sie oder ihren Mann?

Gerda ging vom Zelt hinüber über den freien Platz, zu den Pferden, die dort auf der Weide standen. Sie kraulte den Schimmel von Tengus hinter den Ohren und das Tier nickte ihr zu. Die Frau hatte schon das Gefühl, dass die Männer ihr die Schuld gaben. Die Schuld am Winter, den toten Tieren und auch noch an der nun geringen Beute. Aus der Sicht der Männer machte es schon irgendwie Sinn. Seit Tengus sich um sie kümmerte, konnte er sich nicht mehr so oft um die Belange der Männer kümmern.

Als sie sich umdrehte sah sie Tengus zu sich herüber kommen. Plötzlich rannte der Mann los und Gerda sah eine Bewegung an ihrer Seite. Etwa zwanzig Schritte neben ihr stand Archus mit etwa einem Dutzend Männern. In etwa so viele, wie Gerda zerbrochene Pfeile gefunden hatte. Die Pfeile waren sicher ein Vertrauensbeweis für den Anführer und zerbrochene sicher das Gegenteil davon.

Archus legte mit dem Bogen auf die Frau an. Als der Pfeil losflog warf sich Tengus in den Weg und fing das Geschoß ab, das seine Frau töten sollte. Getroffen fiel er zu Boden. Der Mann hob die Hand und Archus erstarrte sofort. Tengus stöhnte auf und verlor viel Blut. Der Pfeil steckte tief in seiner Brust. Gerda kniete sich neben ihn und versuchte den befiederten Holzstab heraus zu ziehen, doch es gelang ihr nicht. Inzwischen hatte einer der Männer Archus den Bogen abgenommen, bevor dieser einen zweiten Pfeil abschießen konnte, der sicher wieder ihr gegolten hätte.

Immer mehr Blut lief aus der Wunde von Tengus und er schüttelte seinen Kopf, auf die stumme Frage seiner Frau hin. Mühsam richtete er sich im Sitzen auf, er legte seine Hand auf Gerdas Stirn, dann sagte er „Ich übergebe dir meinen Geist. Meine Seele." dabei legte er seine Hand auf die Brust seiner Frau und danach zog er seine Hand auf deren Bauch und sagte weiter „Noch bevor dieses Jahr endet, werde ich durch dich wiedergeboren.". Seine Kraft verließ ihn immer mehr und die Hand rutschte ab.

Stöhnend brach er zusammen und Gerda zog seinen Kopf auf ihren Schoss. Ihre Tränen fielen auf sein Gesicht, während er starb. „Weine nicht, wir sehen uns wieder." sagte der Mann und schloss seine Augen für immer. Gerda warf sich Schluchzend über ihn. Immer mehr Männer standen um sie herum und sie hatte mit einmal Angst, dass ihr die Männer etwas antuen würden, nun, da sie nicht mehr unter Tengus Schutz stand.

Doch offenbar waren sie nun erst einmal mit etwas anderem Beschäftigt. Die Trauerzeit um ihren alten Anführer und die Wahl eines neuen hatte begonnen. Archus wendete sich von Gerda ab und gab einige Kommandos. Noch nie hatte sie an einer dieser Zeremonien teilnehmen dürfen, sie hatte nur immer die traurigen Lieder der Reiter gehört, wenn einer der Ihrigen gestorben war.

Einige der Männer brachte die Leiche zu ihrem Zelt und dort bereitete Gerda ihren Mann für die Trauerfeier vor. Sie wusch ihn und wickelte ihn in ein weißes Tuch. Woher sie das alles wusste, konnte sie nicht sagen. Sie handelte einfach instinktiv. Die ganze Nacht wachte sie bei Tengus. Laut hörte sie die Männer im Lager singen, aber auch diskutieren. Vermutlich wählten sie gerade den Nachfolger. Wenn ihre Wahl auf Archus fallen würde, wofür sicher vieles sprach, so würde dieser die Frau bestimmt nicht am Leben lassen, das war ihr schon klar.

Die ganze Nacht liefen ihr die Tränen, bis sie nicht mehr konnte. Keine Träne kam mehr heraus. Sie saß einfach nur noch da und starrte die verschnürte Leiche ihres Mannes an. Konnte es wirklich sein, dass Archus der Nachfolger würde? Der Nachfolger des Mannes, den er getötet hatte? Aber vielleicht war das ja gerade so bei ihnen. Der Stärkere gewinnt! Gerda wusste einfach zu wenig über sie, sowie ihre Kultur und Tengus hatte ihr kaum etwas davon erklärt. Die Sonne ging auf und wenig später kamen die Männer zurück. Sie holten die tote Hülle, die einst den Geist von Tengus beinhaltet hatte, und brachten sie zu einem Holzstapel, der am Rande des Lagers aufgeschichtet war. Gerda folgte den Männern ohne ein Wort.

Schließlich stellten sich die Männer auf die eine und Gerda auf die andere Seite des Holzhaufens. Einer der Männer gab der Frau eine Fackel und ohne ein Wort setzte sie den Stapel in Flammen. Die Männer stimmten ihren Gesang an, in den Gerda einstimmte. Wieder ohne zu wissen, woher dies kam. Das Feuer erfasste die Leiche des Mannes und diese löste sich langsam in weißen Rauch auf, der zum Himmel aufstieg.

19. Kapitel

Noch eine Flucht

Die Asche von Tengus war noch nicht im Winde verflogen, da begann Archus Gerda als die Schuldige am Tod des Mannes hinzustellen. Nicht er, der den tödlichen Pfeil abgeschossen hatte, sondern sie, der er gegolten hatte, war schuld. Nun war er der Anführer der Gruppe und musste die Männer hinter sich bringen. Solange wie noch etwas an Tengus erinnern würde, hatte er nicht die Macht. Und im Moment erinnerte Gerda jeden der Männer an den Anführer, dessen Tod sie gerade noch gefeiert oder betrauert hatten.

Gerda verstand nun jedes Wort und ein Murren ging durch die Männer. Plötzlich stieß ihr etwas in den Rücken. Sie drehte sich um und sah den Schimmel von Tengus hinter sich stehen. Er nickte ihr zu und sie erfasste die Zügel des Tieres. Wer es gesattelt hatte, war ihr gerade vollkommen egal. Hier stand ihre Rettung und die musste sie nutzen.

Mit einem Sprung war sie auf dem Rücken des Tieres und sah, dass Archus und etwa ein Dutzend seiner Männer auf sie zu liefen, um sie aufzuhalten. Sie beugte sich herab und flüsterte „Lauf, Taras. Lauf!" in das Ohr des Pferdes. Dann hatte sie alle Mühe, auf dem Schimmel zu bleiben, als das Tier wie der Blitz davon galoppierte. Es stürmte zwischen den Männer dahin, die sich schützend zur Seite warfen.

Die Frau war ja nicht so eine geübte Reiterin, doch das Tier lief fast von selbst. So, als ob sie es mit ihren Gedanken lenkte, bewegte sich das Pferd über die Freifläche. Wohin sie wollte, wusste sie eigentlich nicht, es war wieder eine Flucht, aber ob es ihr gelingen würde, die erfahrenen Reiter abzuschütteln, das konnte sie nicht wissen. Sie wusste zwar, dass Taras das schnellst Pferd der Gruppe war, aber mit ihr im Sattel machte das vermutlich keinen Unterschied zu den Anderen hinter ihr.

Die Männer verfolgten sie, aber es wurden immer weniger. Jedes Mal, wenn sie sich vorsichtig umschauen konnte, war es einer weniger, der hinter ihr her war. War sie nun zu schnell für die Männer? Oder hatten sie nur an der Verfolgung teilgenommen, um Archus einen Gefallen zu tun? Unermüdlich sauste das Pferd über die Graslandschaft, bis nur noch Archus hinter ihr war.

Das Pferd flog nur so dahin und es schien gar nicht den Boden zu berühren. Gerda trieb es noch zusätzlich an, doch Archus holte immer weiter auf. Er war ein viel zu guter Reiter. Der Waldrand kam immer näher, aber würde sie ihn noch erreichen? Dort, zwischen den Bäumen, würde sie ja auch nicht mehr reiten können. Warum ritt sie eigentlich auf den Wald zu? Sie wusste es nicht. Nur weg von dem Verfolger! Schließlich war der Mann mit ihr gleichauf und griff in ihre Zügel. Er riss daran. Abrupt stoppte das Pferd und Gerda flog, durch den Schwung des Rittes, über den Kopf des Tieres, nach vorn herunter. Mehr als fünf Pferdelängen war sie in der Luft gewesen, bevor sie auf den Boden aufschlug. Zum Glück fiel sie auf ein Moospolster, rollte noch ein Stück und blieb dann liegen. Sie spürte im Moment noch keinen Schmerz, obwohl der Aufprall ziemlich heftig gewesen war.

Mühsam rappelte sie sich auf und drehte sich um. Hinter ihr stand der Mann und kam zu Fuß schnell näher. Die beiden Pferde liefen am Rand des Waldes entlang, zu weit weg, um sie noch zu erreichen. Langsam ging die Frau rückwärts. Mit noch schnelleren Schritten kam Archus auf sie zu und als er sie erreicht hatte, zerriss er ihr mit einer schnellen Handbewegung das Kleid. Dann schlug er ihr ins Gesicht und Gerda stürzte rücklings zu Boden.

Der Mann löste seinen Gürtel, öffnete seine Hose und wollte sich auf die Frau stürzen. Gerda schloss die Augen und dachte an die Frau, die Archus direkt vor ihren Augen, damals am Zelt, zu Tode gequält hatte. Vermutlich hatte er nun mit ihr dasselbe vor. Das hatte er sicher schon damals mit ihr gewollt, dies spürte sie und erwartete nur noch den Tod. Still sprach sie ein Gebet, als sie ein lautes Knurren hörte. Gerda öffnete die Augen wieder und sah an Archus vorbei. Direkt hinter ihm stand ein großer, weißer Wolf. Groß war da noch untertrieben, er war riesig! Das Tier hatte die Größe eines Fohlens und stand nur wenige Schritte hinter dem Mann.

Archus fuhr herum, raffte seine Hose wieder hoch und griff zu seinem Schwert, das er zusammen mit seinem Gürtel hatte fallen lassen. Mit einem Sprung stürzte sich der Wolf auf den Mann. Die Beiden begannen in einen wilden Kampf zu verfallen Mensch gegen Tier. Gerda raffte ihr zerrissenes Kleid zusammen, stand auf, drehte sich zum Waldrand um und lief, so schnell sie konnte, zu dem Gehölz hinüber. Hinter sich hörte sie Archus schreien, ob aus Wut oder Schmerz konnte sie nicht sagen, sie wollte sich auch nicht noch einmal umdrehen. Nur die Bäume des Haines waren nun ihr Ziel. Immer näher kam sie dem rettenden Baumbestand und schließlich lief sie hinein. Das Schreien hinter ihr verstummte, als sie den ersten Baum passiert hatte. Immer tiefer lief sie hinein, bis sie eine Lichtung fand, auf der sie sich fallen ließ. Sie keuchte vor Anstrengung und Angst.

Vollkommen erschöpft von dem schnellen Lauf blieb sie einfach liegen. Vor dem Wolf hatte sie keine Angst, obwohl es für das Tier sicher ein leichtes gewesen wäre, ihrer Spur zu folgen. Die Frage für

Gerda war: Konnte Archus ihr folgen? Hatte er den Kampf mit dem Wolf überlebt und konnte er ihre, sicher gut lesbaren, Abdrücke im Waldboden sehen? Gerda hätte weiter gemusst, doch der Aufprall am Boden, den sie von dem Pferderücken aus hatte erdulden müssen, und der schnelle Lauf sorgten nun dafür, dass sie sich im Moment nicht mehr bewegen konnte. Hilflos, erschöpft am Boden liegen, erwartete sie ihr Schicksal. Was würde passieren? Ihre Augen zum Himmel gerichtet horchte sie in den Wald hinein. Ringsum war Stille. Nicht ein Laut war zu hören, nicht mal der Gesang eines Vogels drang an ihr Ohr. Ihr eigener Atem war das lauteste Geräusch hier. Unheimlich still war es! Die Dämmerung setzte ein und schließlich schlief Gerda im Wald auf dem weichen Gras ein.

Im Traum sah sie den Wolf wieder. Er kam auf sie zu und setzte sich neben sie. Er hatte die Augen von Tengus und plötzlich verwandelte er sich in ihren Mann. Sie umarmten sich und liebten sich leidenschaftlich in dem silbernen Licht des Mondes. Dann sagte er „Ich muss nun fort.", streichelte zärtlich ihr Gesicht und Gerda erwachte.

Sie sah noch etwas Weißes im Wald verschwinden, konnte aber nicht sagen, was es gewesen war. Die Sonne ging gerade auf und sie lag nackt auf der Lichtung. Das zerrissene Kleid, in das sie sich am Abend eingewickelt hatte, lag ein paar Schritte neben ihr im Gras und die ganze Wiese um sie herum war zerwühlt. Die Schmerzen des Abends waren fort! Sie erhob sich und zog sich schnell ihr Kleid wieder über.

Dann setzte sie sich für ein paar Augenblicke einfach nur mit angezogenen Beinen in die Mitte der Lichtung. „Wohin nun?" fragte sie sich leise und hatte doch in ihrem Inneren schon die Antwort „Nach Norden!" sie hörte das Plätschern eines Baches, den sie am Abend zuvor nicht gehört hatte und ging dem Geräusch nach. Nach ein paar

Schritten hatte sie das Gewässer erreicht, in dem sie zuerst ihren Durst stillte, bevor sie das Kleid ablegte und sich in den kalten Fluten ausgiebig wusch.

Schließlich zog sie sich das Kleid wieder an und raffte es irgendwie zusammen. Es war zwar zerrissen, aber sie konnte es mit etwas Geduld wieder vorn zusammen halten. Sie hatte sich einen Streifen Stoff am Saum abgerissen, den sie nun, wie eine Art von Gürtel, um ihre Hüften band. Der lange Schlitz im Kleid gab ihre Beine frei und so konnte sie damit im Wald viel besser laufen.

Fuß vor Fuß ging sie tiefer in den Wald hinein. Sie dachte wieder an das kleine Wäldchen bei ihrem Dorf, doch dieses hier war sicher viel größer. Auch die Bäume wurden immer höher und schon bald lief sie im Halbdunkel des Waldes vorwärts. Wohin? Nach Norden!

20. Kapitel

Ein langer Weg

Sie wusste nicht, wie lange sie schon unterwegs war. Gerda hatte jedes Zeitgefühl verloren. Waren es Tage, Wochen oder gar schon Monate? Immer noch lief sie durch den Wald. Nachts ruhte sie und am Tage versuchte sie immer die Sonne hinter sich zu lassen. So kam sie immer weiter nach Norden. Die ersten Tage hatte sie nicht gewusst, wie sie sich hier ernähren konnte.

Es war Frühling und da wuchsen noch keine Beeren und Pilze. Alles was sie aus ihrem Dorf, weit im Südosten, kannte, das wuchs hier nicht. Immer wieder hatte sie Menschen gesehen, die ihren Weg gekreuzt hatten, ohne dass sie Gerda bemerkt hatten. Immer wieder drücke sich die Frau in das teilweise sehr dichte Unterholz des Waldes. Viele Menschen waren auf der Flucht, die meisten nach Westen, aber auch einige wenige zogen nach Norden, so wie sie.

Gerda war eine Frau des freien Landes, im Wald war sie immer nur gewesen, wenn sie die Schweine hüten musste und der Wald bei ihrem Dorf war winzig, wenn sie ihn mit dem verglich, den sie jetzt durchstreifte. „Warum soll ich nur nach Norden gehen?" fragte sie sich immer wieder in Gedanken und doch zog sie eine unsichtbare Kraft genau dort hin. Sie konnte gar nicht anders.

Die dichten Wälder würden einen guten Schutz vor den Reitern abgeben, aber hier drin gab es nicht genug für die vielen Menschen zu essen, so dass der Wald nur ein Durchzugsort für sie war. Für Gerda war es noch schlimmer, da sie alleine ging und niemanden hatte, mit dem sie sich austauschen konnte. Die Einsamkeit wurde erdrückend, aber ihre Angst vor anderen Menschen hielt sie im Wald. Sie aß alles, was irgendwie so aussah, als ob man es essen konnte. Gerda zog Rinde von den Bäumen, suchte nach Raupen oder Maden und grub Wurzeln mit den bloßen Händen aus. Der Hunger zwang einfach alles in sie hinein.

Was bitter schmeckte, das warf sie wieder weg und alles andere half ihr zu überleben. Manchmal fand sie im Wald auch etwas, was andere bei ihrem Zug und der Flucht verloren hatten, und das die Waldtiere nicht vor ihr schon gefunden hatten. Sie hatte sich über ein Stück trockenes Brot so sehr gefreut, dass sie ein Stück des Weges getanzt war. In ihrer Einsamkeit begann sie mit den Bäumen und Tieren zu reden und manchmal hatte sie das Gefühl, dass diese ihr antworteten. Doch anderen Gruppen wollte sie sich nicht anschließen. Zu groß war die Furchtsamkeit der Frau.

Den großen Wolf hatte sie in all der Zeit nicht wieder gesehen und sie träumte auch kaum bei ihrem Zug durch den Wald. Sie versuchte immer weiter nach Norden zu gehen und dabei weiterhin die Sonne hinter sich zu lassen. Das war zwar an manchen Stellen etwas schwierig, da die Strahlen oft nicht bis zum Waldboden herunter gelangen konnten, aber sie korrigierte immer dann die Richtung, wenn sie wieder einen Sonnenstrahl abbekam.

Manchmal konnte sie keinen Steinwurf weit sehen und so folgte sie, wenn möglich, den Bachläufen durch den Wald. Der Weg war an einigen Stellen sehr steil und sie musste auch ein paar kleinere Gebirge überwinden. Gerda konnte dabei manchmal nur an den Hängen gehen und auch dort war der Weg sehr beschwerlich. Ein paar Mal rutschte sie aus und musste sich mühsam wieder aufrappeln. Bei all dem hatte Gerda Glück, dass sie sich bei den Stürzen nicht schwer verletzte. Es blieb bei ein paar blauen Flecken.

Noch hatte sie keine Ahnung, wo das Ziel ihrer langen Reise war, aber das würde sie sicher schon merken, wenn sie den Platz erreicht haben würde. Immer wieder musste sie sich vor den Menschen verstecken, die manchmal nur ein paar Schritte von ihr entfernt durch den Wald zogen. Diese kreuzten auch weiterhin ihren Weg, da sie nach Westen unterwegs waren. Manchmal hatte Gerda das Gefühl, sich doch einer dieser Gruppen anschließen zu müssen, doch es war einfach die falsche Richtung und mit dem zerrissenen Kleid würde sie sich vielleicht auch den Männern zu sehr entblößen. Zu groß war die Gefahr, sich in deren Gewalt begeben zu müssen. Die Gewalt der Reiter hatte viele Männer verrohen lassen und ihr auch Angst gemacht. Ihr Gefühl sagte ihr, dass das einfach nicht ging. So musste sie sich weiter alleine durch den Wald schlagen.

Nachts schlief sie, nach wie vor, im Moos und am Tage lief sie. Sie hatte sich nicht getraut irgendwo ein Feuer zu machen, aus Angst von jemanden gesehen und gefunden zu werden. Gerda hatte zwar nichts bei sich, was sich als Beute lohnte, aber irgendwie steckte diese dunkle Angst vor den Menschen tief in ihr. Was sollte sie dagegen tun? Nichts, außer alleine vorwärts zu gehen!

Eines Tages, die Sonne stand gerade direkt über ihr, setzte sie sich erschöpft an einen Hang, um dort auszuruhen. Ein Knacken im Wald ließ sie zusammenzucken. Unter ihr, am Fuße des Hanges, keinen Steinwurf entfernt, liefen fünf Wölfe hintereinander durch das Tal, das ein kleiner Bach durch den Wald gegraben hatte. Einer der Wölfe war ein besonders großes, heller gefärbtes Tier, welches entfernt an den Wolf erinnerte, der sie vor Archus gerettet hatte.

Gerda überlegte eine Weile, ob sie den Tieren folgen sollte, als diese nicht weit von ihr entfernt stehen blieben und zu ihr hinauf sahen. Hatte sie ein Geräusch gemacht, was die Tiere auf sie aufmerksam gemacht hatte? Oder war es nur der Wind, der ihren Geruch zu den Wölfen hinunter getragen hatte? Doch die Tiere kamen nicht zu ihr. Sie warteten einfach am Bach auf sie. Die Frau stand auf und folgte den Wölfen, die nun besonders langsam weiter gingen, so als ob sie wollten, dass die Frau ihnen folgte. Nach einer Weile gingen die grauen Wölfe in das Unterholz und tauchten wenig später an der Seite der Frau wieder auf. Für einen Moment war Gerda erschrocken, doch die Tiere blieben friedlich und daher ging sie einfach weiter.

Die Geschöpfe liefen jeweils zu zweit an der Seite der Frau, nur ein paar Schritte von ihr entfernt, während der hellere Wolf vorn die Richtung vorgab. Nur wenige Schritte vor ihr lief das Tier immer weiter durch den Wald. Sie hätte es fast anfassen können, so nahe war er ihr und sie hatte Vertrauen zu den Raubtieren, denen es ein Leichtes gewesen wäre, die Frau zu töten, doch das hätten sie schon lange tun können, wenn sie es denn gewollt hätten. Plötzlich blieb der Wolf vor ihr stehen und schaute zu Gerda zurück. Sie ging nach vorn und stellte sich neben das Tier. Der Wolf setzte sich hin und schaute nach vorn.

Gerda folgte seinem Blick und sah einen großen Berg in einiger Entfernung. Es würde sicher länger als einen Tag dauern, bis sie dort sein würde. Unschlüssig schaute sie den Wolf an. Sollte sie wirklich dort hin? Der Wolf erhob sich und beantwortete ihre stumme Frage, indem er mit einer Pfote auf den Berg zeigte. Sie nickte verstehend. Schließlich liefen die Tiere wieder zurück in den Wald und die Frau schaute ihnen hinterher. Da langsam schon die Dämmerung einsetzte, beschloss sie, noch eine Nacht im schützenden Wald zu ruhen. So ließ sie sich am Waldrand nieder, lehnte sich mit dem Rücken an einen Baum und schlief schließlich im Sitzen ein.

21. Kapitel

Im Moor gefangen

Der Sonnenschein fiel ihr direkt ins Gesicht, als sie am Waldrand erwachte. Sie lag auf der Seite im weichen Moos und schaute direkt in die Sonne, die sich über dem Waldrand erhob. Gerda setzte sich auf und sah nach Norden, wohin der Wolf am Abend zuvor gezeigt hatte. Vor ihr lag eine große freie Fläche die sie überwinden musste. Einen Moment zögerte sie und lehnte sich mit dem Rücken an den Baum. Dort drüben, vor dem Waldrand, gab es keine Deckung und so würde sie sich vor anderen Menschen kaum verstecken können. Sollte sie wirklich dort hinaus und sich in diese Gefahr begeben?

Etwas zog sie vorwärts, dass stärker war, als die Angst! Dann stand sie auf und schritt langsam auf die Fläche hinaus. Immer wieder sah sie sich um, ob ihr jemand folgte. Sie würde sicher ein paar Stunden brauchen, bis sie auf der anderen Seite den schützenden Wald wieder erreichen würde. Konnte sie die Fläche irgendwie umgehen? Unschlüssig stand sie auf der Wiese, nur fünfzig Schritte vor dem Waldrand. Was wäre, wenn jetzt Reiter auftauchen würden? Sie hätte ja keine Möglichkeit, sich in dem kaum kniehohen Gras zu verstecken.

Schließlich ging sie schneller weiter. Die Fläche am Waldrand zu umgehen würde sicher zwei Tage dauern und der Wolf hatte ja genau in diese Richtung gezeigt. Sie vertraute der Entscheidung des Tieres. Mitten auf der Fläche wuchs stellenweise höheres Gras, das ihr manchmal fast bis zur Schulter ging. Das gab ihr etwas mehr Sicherheit und Gerda ging nun langsamer immer weiter geradeaus. Plötzlich merkte sie, dass sich die Gegend um sie herum bewegte. Für einen Moment dachte sie, dass sie aus Hunger und Erschöpfung schwankte, aber als sie stehen blieb, bemerkte sie, dass Wasser unter ihren Füßen hervor gluckste.

Sie blickte sich um und dachte nach, ob sie lieber zurückgehen sollte, bis sie wieder auf trockenem, festen Boden stand. Dann wendete sie sich nach vorn und schaute, ob sie weiter vorwärts gehen sollte. Wie groß wäre wohl dieser nasse Fleck? Und könnte sie da herum gehen? Vielleicht war es ja nur das Ufer eines kleinen Baches und da würde sie schlecht herum gehen können. Wieder blickte sie über ihre Schulter zurück auf den Waldrand und entschloss sich weiter auf den Berg zu zugehen. Viel vorsichtiger setzte sie nun ihre Schritte auf den Untergrund. Das Glucksen wurde immer deutlicher hörbar und das Wasser durchnässte ihre Schuhe. Dann zog sie diese aus und ging vorsichtig weiter. Fuß vor Fuß setzte sie auf und schaute zum Boden, wo ihre Zehen immer wieder im braunen, sumpfigen Wasser verschwanden. Sie folgte einem schmalen Wildpfad, der gerade mal so breit wie ihre Schultern war, und hoffte, dass die Tiere wussten, wie sie hier durchkommen würden.

Es ging schon auf Mittag und das Gras wurde immer höher. Der Weg war so verschlungen, dass sie schon lange jegliche Orientierung verloren hatte. Nur am Stand der Sonne konnte sie sich ein bisschen richten. Die Frau versuchte bei Abzweigungen immer die Sonne hinter sich zu lassen. Zum Schluss stand sie auf einer kleinen Erhebung mit ein paar Bäumen. Von dort aus konnte sie über das Sumpfgras schauen, aber ringsum war nichts weiter als dieses Gras zu sehen. Der Waldrand war noch weit entfernt. Doch nun hatte sie die Richtung zur Bergspitze wieder.

Gerda setzte sich an einen der Bäume, um sich auszuruhen. War sie hier erst in der Mitte dieser sumpfigen Stelle? Oder schon fast an deren Ende? Scharen von Mücken flogen über ihr, die sie bisher gar nicht richtig wahrgenommen hatte. Nun stürzten sich die Blutsauger auf sie herab und Gerda versuchte sie zu verscheuchen. Unnütz waren ihre Versuche, die lästigen Flügeltiere zu vertreiben und so stand sie nach ein paar Augenblicken wieder auf und lief weiter. Irgendwie war es aber auf einmal so, dass auch noch Nebel in Schwaden an ihr vorbei zog. Das hielt zwar die Mücken von ihr fern, aber als dieser Nebelschleier dann die Sonne verdeckte, war es für Gerda mit der Orientierung wiederum vorbei. Sie blieb einfach dort stehen und fragte sich, wo sie war und wie sie wieder hier heraus kommen würde. In alle Richtung schaute sie, hatte aber keine Idee, wohin sie sich wenden sollte. Wo war die kleine Bauminsel gewesen? Selbst die Mücken würde sie nun ertragen. Doch die Sicht betrug nur ein paar Schritte auf jede Seite.

„Bitte helft mir!" rief sie und wusste gar nicht, wen sie da rief und wer ihr helfen sollte. Sie war verzweifelt und den Tränen nahe, als ein großer Schatten auf sie herunter fiel. Die Frau zuckte zusammen, blickte auf und erkannte einen Raben, der direkt über ihr seine Kreise zog. Sie hätte ihn mit der Hand erreichen können, und dann flog er ganz ruhig in eine Richtung weiter. Gerda folgte dem Vogel und tastete sich vorsichtig durch das Sumpfgras vorwärts. Immer wieder drehte der Vogel zu ihr zurück und flog dann wieder vorwärts, so als ob er sie führen würde. Schließlich setzte sich der Vogel auf einen verkrüppelten Baum und wartete dort auf sie.

Als sie an dem Baumstamm angelangt war, sah sie, dass durch die Lücken in den Fetzen des Nebelschwadens die Umrisse einer alten Hütte hindurch schimmerten. Gerda nickte dem Vogel dankbar zu und lief schnell durch den Nebel auf die Hütte zu. Doch sie achtete nicht mehr auf den Weg. Ein drohendes Krächzen des Raben hinter ihr ignorierte sie. Direkt über ihren Kopf stieß der Vogel an ihr vorbei, wie um sie zu stoppen, doch sie lief einfach, ungeachtet der Warnung, weiter. Zum Greifen nahe schien die rettende Behausung.

Unmittelbar vor der Hütte versank sie mit einem Fuß in einem Sumpfloch, dass sie erst zu spät erkannt hatte. Sie schrie auf und bemerkte, wie die Tür der Hütte sich öffnete. Gerda versuchte wieder aus dem Loch zu kommen, aber je mehr sie strampelte, desto schneller sank sie ein. Als das übelriechende Wasser ihr schon bis zur Hüfte ging, traf sie ein Seil, welches jemand ihr zugeworfen hatte, den sie nur undeutlich sehen konnte. Sie hielt sich an dem einem Ende mit beiden Händen fest und kam Stück für Stück frei. Schließlich hatte sie die Person aus dem Nebel wieder an Land gezogen. Gerda kniete vor der Hütte und schaute nach oben. Vor ihr stand eine alte Frau mit fast weißen Haaren.

Diese half ihr wieder auf die Füße und brachte sie in die Hütte hinein. Erschöpft ließ sich Gerda auf eine Bank fallen und die Frau brachte ihr Wasser und Brot. Ausgehungert verschlang Gerda das Brot. Dann erst blickte sie ihre Retterin richtig an. Konnte die andere Frau sie verstehen? Sie sprach sie an, aber die Frau antwortete in einer fremden Sprache. Mit Händen und Gesten versuchten sie sich zu verständigen und bis zum Abend hatten sie schon die ersten Begriffe in der jeweils fremden Sprache gelernt. Das verschmutzte Kleid hatte Gerda gewaschen und am Feuer getrocknet. In eine Decke gehüllt, um ihre Blöße zu bedecken, saß sie dort in der Hütte. Die Frau bot ihr ein Lager für die Nacht an und Gerda nahm diese Schlafstatt gern an. Sie hüllte sich wieder in ihr Kleid und kuschelte sich das erste Mal seit einen dreiviertel Jahr wieder in einen richtigen Strohsack.

In der Nacht sah sie den großen weißen Wolf wieder. Er setzte sich vor sie und legte seine Pfote auf ihre Stirn. Ein helles Leuchten ging von ihm auf Gerda über und dann löste er sich in ihr auf. Sie erwachte und sah zu dem kleinen Fenster hinaus. Der Berg war in den ersten Strahlen der Sonne, die seinen Gipfel anleuchteten, direkt vor ihr zu sehen. Der Wolf hatte nicht den Berg, sondern genau diese Hütte hier gemeint, als er mit der Pfote hierher gezeigt hatte, das wusste die Frau nun. Sie setzte sich auf und weckte damit die andere Frau, die neben ihr geschlafen hatte. „Guten Morgen." sagte die Frau und Gerda konnte jedes Wort verstehen.

Mit offenem Mund hörte sie die Frau erzählen, die ja nicht wissen konnte, dass Gerda, vermutlich durch den Geist des Wolfes, jedes ihrer Worte verstand. Schließlich antwortete sie und nun sah die andere Frau sie erstaunt an. Gerda erzählte von dem Wolf und dem Raben. Die andere Frau nickte. „Mein Name ist Karola und der Wolf ist die Weisheit unserer Ahnen. Der Rabe ein Bote der Götter. Sie haben dich hierher geführt. Andere Menschen, die versucht haben, hierher zu gelangen, sind im Moor für immer verschollen."

Dieser Platz würde nun ihrer sein, aber wovon sollten hier zwei Frauen leben? Gerda stand auf und ging zu Karola hinüber. Sie umarmten sich und wussten selbst nicht warum. Trotz aller Scheu vor anderen Menschen hatte sie zu Karola sofort Vertrauen gefasst. Hier konnte ihr nichts mehr passieren. Sie war am Ziel ihrer Reise angelangt!

22. Kapitel

Das Vermächtnis

Seit ein paar Wochen war sie nun schon bei Karola im Moor. Zusammen machten sie ihre tägliche Arbeit. Manchmal wurde es Gerda morgens schlecht und sie konnte sich vorstellen, was der Grund dafür war. Schließlich sollte Tengus ja wiedergeboren werden und das ging ja nur, wenn sie schwanger wäre. Den weißen Wolf hatte sie noch zwei Mal im Moor getroffen. Die anderen Wölfe trauten sich nicht hier her und auch Karola war verwundert über das Verhalten des Tieres.

Jetzt, da sie etwas zur Ruhe kam, begann in ihr die Seele von Tengus mit ihr zu arbeiten. Sie wusste Dinge, die sie gar nicht wissen konnte und die einzige Erklärung dafür war Tengus. Einiges brachte ihr aber auch Karola bei. Viele Wege führten in das Moor, aber nur zwei davon konnte man ohne Gefahr begehen, bei den anderen war der Tod näher als das Leben. Instinktiv hatte Gerda einen der Sicheren genommen gehabt und sie staunte jetzt noch über ihre Zielsicherheit.

Karola machte sich fast täglich auf den Weg in die umliegenden Dörfer, um die Menschen dort mit ihren Kräutern, die sie im Wald fand, zu versorgen oder diese dort gegen etwas zu essen zu tauschen. Bis hier her, so weit in den Norden, waren die fremden Reiter noch nicht gelangt, aber die Menschen, die vor ihnen hierher flüchteten, brachten die Kunde von den Gräueltaten der Hunnen bis in diese Gegend und auch hier herrschte nun die Angst vor ihnen. Mitunter flehten die Menschen Karola regelrecht um einen Schutzzauber an, den sie den Frauen und Männern auch gern gab, aber konnte er etwas ausrichten, wenn die wilden Horden kommen würden?

Gerda begleitete die Freundin immer wieder mal und war da mehr als skeptisch. Sie hatte ja die vielen Männer und deren Taten gesehen, aber sie hütete sich davor, etwas davon zu erzählen, um keine Panik in die kleinen Siedlungen zu bringen. Nicht mal Karola erzählte sie etwas davon. Je weniger es wussten, umso besser würde es sein. Eigentlich hatte sie ja für sich nur positive Gedanken an Tengus, aber sie hatte auch immer noch das Bild von Archus vor Augen, als er die Frau vor ihren Augen getötet hatte. Die Schreie von ihr hörte sie manchmal immer noch in der Nacht.

Auch die zerstörten Dörfer, die toten Menschen am Straßenrand und die toten Tiere im Feld hatten sich tief in ihr Gedächtnis eingebrannt. Immer wieder zogen Siedlungstrosse durch das Land. Von Süden nach Norden oder von Osten nach Westen. Die meisten folgten dem Laufe der Sonne und wer nicht in den Wäldern umkam, der konnte sich glücklich schätzen, dass er die Angriffe der Reiter überlebt hatte. Je mehr Menschen aber hier an diesen, vermeintlich sicheren, Platz zogen, desto weniger wurden aber die Nahrungsvorräte für sie und die Einheimischen. Der Platz, welcher, nach Karolas Erzählungen, noch vor ein paar Jahren gerade einmal hundert Menschen ernährt hatte, musste nun das Hundertfache dessen ernähren. Manchmal gab es Streit und nicht selten endete dieser tödlich. Neue Fluchten waren die Folge. Die Not und die Gewalt wurden immer größer. Räuberbanden zogen nun ebenfalls durch das Land, um sich zu nehmen, was ihnen, nach ihren Vorstellungen, zustand. Eine allgemeine Verrohung hatte eingesetzt. Das Schwert war schnell in dieser Zeit!

Auch die beiden Frauen im Moor spürten diese Not immer deutlicher. Es gab viel weniger zu essen für die Beiden und das gerade jetzt, wo Gerda ihre ganze Kraft für das ungeborene Kind unter ihrem Herzen brauchte. Sie erinnerte sich an den Wald und zog nun fast täglich zur Waldkante, um dort nach essbaren Wurzeln zu suchen. Dort, am Waldrand, traf sie nun auch oft den Wolf wieder. Er ließ sich aber meist nur von der Ferne sehen, so als ob er über sie wachte und aufpasste, dass ihr nichts passieren würde. Vermutlich genauso wie der Wolf, der natürlich fast doppelt so groß gewesen war, der sie vor Archus beschützt hatte.

In ihren Träumen dachte sie gar nicht mehr an ihren Mann, wenn immer sie versuchte, an ihn zu denken, tauchte nur der Wolf auf und setzte sich zu ihr. War er ein Teil der Seele ihres Mannes, oder einer seiner Vorfahren, der sie nun beschützte? Tengus hatte doch gesagt, dass er seine Seele an sie weiter gegeben hatte. Also musste der Wolf einer von Tengus Ahnen sein, der nun auf Gerda aufpasste, damit sie ihre Aufgabe erfüllen konnte. In der ganzen Zeit wuchs ihr Bäuchlein immer mehr, bis sie nicht mehr alleine das Moor verlassen konnte. Nun kam der Wolf wieder bis in den Sumpf herein. Manchmal stand er am Morgen einfach vor der Hütte, wenn Gerda durch die Tür trat. Sie hatte das Gefühl, dass er nur auf sie wartete und danach schnell wieder im Ried verschwand.

Sie erinnerte sich an das Ritual, das sie damals mit ihrem Mann zusammen gemacht hatte. Wie lange mochte das jetzt schon her sein? Im Herbst des letzten Jahres hatten sie sich an das Feuer gesetzt und dort hatte sie die Ahnen getroffen. Nun wollte sie versuchen, auf die gleiche Weise mit Tengus oder dem Wolf Verbindung aufzunehmen. Zusammen mit Karola trug sie auf der kleinen Moorinsel etwas Holz zusammen und machte dort, nachdem sie sich von der Freundin verabschiedet hatte, ein kleines Feuer. Sie erinnerte sich an die Gesänge ihres Mannes und schon bald fiel sie in dieselbe Trance wie damals. Diesmal waren es aber keine Pferde, sondern Wölfe, die sie umkreisten und einer davon legte ihr die Pfote auf die Schulter.

Es war der weiße Wolf, der ihr zunickte und sie erwachte. Genau vor ihr stand derselbe Wolf nun auch in Wirklichkeit. Er nickte ihr ebenfalls zu und verschwand wieder im Moor, so wie er es schon so oft getan hatte. Nun hatte sie die Antwort auf ihre Frage. Sie hatte in der Trance das Gesicht eines Menschen in dem Wolf erkannt, aber es war nicht das Gesicht eines Vorfahren von Tengus, sondern er sah fast so wie sie aus. Sicher war es einer von Gerdas Ahnen, der sie beschützte. Sie stand auf und löschte das Feuer. Dann bedankte sie sich bei dem Wolf und ging zurück zu Karola, die schon gespannt an der Hütte auf die Erzählung der Freundin wartete.

Gerda faltete ihre Hände über ihrem Bauch und schaute auf die kleine Kugel, die sich da hervor wölbte. Dieses kleine Wesen, was da ich ihr heranwuchs, war nicht nur Tengus Vermächtnis, sondern auch das von all ihren Ahnen vor ihr. Sie würde das Kind beschützen und das Wissen, das sie von Tengus erhalten hatte, an ihn, oder sie, weitergeben. Zärtlich streichelte sie darüber und schaute in die untergehende Sonne.

23. Kapitel

Die sichere Bleibe

Vier Jahre waren vergangen, seit Claudia den Fluss überquert hatte. In diesen vier Jahren hatte Gernold für seinen Freund, den Händler Julius, gearbeitet und nun waren sie Beide Teilhaber geworden. Er hatte die Erfahrung und das Geschick, sein Freund das Geld und die Verbindungen. Zusammen waren sie unschlagbar. Die Frau hatte ihre zweijährige Tochter auf den Knien, die gerade eingeschlafen war, sonst hätte sie sicher nicht still gehalten.

Claudia schaute auf den blonden Schopf ihrer Tochter herab und versuchte mit ihr im Schatten zu bleiben. Noch wohnten sie mit ihren Freunden im selben Haus, aber schon bald wollten sie sich nebenan, in eine gerade leer gewordene Villa, einmieten. Ein erfolgreicher Händler zeigte eben auch an seinem Zuhause, dass er erfolgreich war. Nun wartete sie hier, dass Gernold vom Vertragsabschluss zurückkommen würde. Frauen waren hier bei solchen Dingen nicht geduldet. Daran hatte sie sich erst gewöhnen müssen.

Praktisch hatte sie ihre ursprüngliche Freiheit und die Rechte, als freie Frau bei den Goten, gegen eine sichere Bleibe und hoffentlich Frieden bei den Römern eingetauscht. Ein kleiner Vogel setzte sich im Garten auf den Rand des Brunnens. Er war frei und in Sicherheit, solange Kata, die kleine Katze des Hauses, ihn nicht fing und Claudia ging es nun ähnlich. Sie war frei gewesen, bevor die Reiter gekommen waren, und nun war sie in Sicherheit, solange diese auf der anderen Seite des Flusses blieben.

Was wäre aber, wenn es ihnen gelang, den Fluss irgendwo zu überwinden? Diese Angst blieb jeden Tag in ihrem Kopf. Immer wenn sie viele Pferde sah, oder eine Staubwolke sich am Horizont zeigte, dann zuckte sie unwillkürlich zusammen. Ganz tief steckte diese Angst in ihr. Es war eine sichere Bleibe auf Zeit. Oder doch für immer? Sie war hierhergekommen, mit nichts weiter als dem, was sie auf dem Körper getragen hatte und nun hatte sie einen kleinen Wohlstand, ihren Mann und ihre Tochter. Sie wollte hier nie wieder weg. Aber ging es hier nach ihr?

Im römischen Reich, dessen Bürgerin sie ja nun war, hatten Frauen meist nicht viel zu sagen. Zumindest außerhalb des Hauses. Dort war sie genauso viel Wert, wie die Sklaven und sie hatte auch genauso viel Mitspracherecht bei den Entscheidungen der Männer. Nur im Haus war es etwas anders, da konnte sie auch Dinge mit entscheiden. Immer die wohlwollende Zustimmung des Mannes vorausgesetzt. Sofia, ihre Freundin, kannte es gar nicht anders, aber Claudia war ja eigentlich eine freie Frau. Die Freundin trat zu ihr und legte ihr die Hand auf die Schulter. Claudia schaute auf und nickte ihr zu. Sie übergab kurz ihre schlafende Tochter und stand dann von dem Gartenstuhl auf.

Dann trug sie das Kind in das Haus und legte es in das kleine Bett. Die Frau schaute auf ihre schlafende Tochter herunter und dachte daran, dass sie es irgendwann mal nicht anders kennen würde, so wie Sofia. Auch die Freundin hatte sich ohne Widerspruch in ihr Schicksal gefügt, bei ihr würde es bestimmt noch eine Weile dauern, aber zum Glück hatte Gernold für sie Verständnis. Leise kam der Mann in das Zimmer und trat zu seiner Frau an das Bett. Sie schaute ihn an und er nickte. „Alles geklärt." hieß das und sie gab ihm einen Kuss.

Die Sicherheit ihrer Tochter war erst einmal geklärt. Zusammen verließen sie leise das Zimmer und setzten sich zu Sofia in den Garten. Noch hatten sie keine Sklaven, aber die würden als nächstes noch gekauft werden. Ein großes Haus brauchte auch viele helfende Hände.

Auch Gerda hatte mit ihrer Hütte im Moor eine sichere Bleibe gefunden. Diese war durch ihre Lage von der Umwelt abgeschnitten und durch das Moor geschützt. Sie schaute auf ihren dreijährigen Sohn, den sie nach seinem Vater Tengus genannt hatte. Sicher war es hier zumindest für sie, auf den Kleinen musste sie immer ein Auge haben. Er rannte überall herum und keine zwanzig Schritte von der Hütte entfernt begann ja schon der Sumpf. Selbst ein Erwachsener, der da hineingeriet, war verloren. Bei einem kleinen Kind war das noch viel gefährlicher. Am liebsten hätte sie ihn an einer langen Leine angebunden, die gerade mal so lang war, dass er nicht in den Morast hinein laufen konnte.

Wenn mal kurz Stille war, und sie ihn nicht hörte, fuhr sie sofort herum, aber dann sah sie ihn irgendwo am Haus sitzen und mit einem Käfer oder Frosch spielen. Manchmal war sie traurig, dass er nur solche Spielgefährten hatte und keine anderen Kinder. Dann dachte sie daran, wie es früher in ihrem Dorf gewesen war. Wie sie mit Claudia durch die Hecken gerannt war und mit den anderen Kindern im Wald verstecken gespielt hatte. Wie lange war das wohl her, dass sie dort, weit unten im Süden, sicher gewesen war? Es kam ihr wie ein anderes Leben vor und manchmal begann sie zu weinen, wenn sie an all das Leid dachte, welches sie unterwegs gesehen hatte.

Doch dann fiel ihr Blick wieder auf ihren Sohn und sie wusste, dass es auch etwas Gutes gebracht hatte. Wenn sie nicht aus ihrem Dorf geraubt worden wäre, so hätte sie vielleicht nicht ihren Tengus bekommen. Ein anderes Kind sicherlich, aber er war etwas ganz besonderes. Doch dachte das nicht jede Mutter von ihrem Kind? Die

Besiedlungszüge der Menschen umgingen das Moor mit großem Abstand und so blieben sie hier auch von den Schrecken der Flucht verschont. Nur manchmal, wenn Karola aus einem Dorf zurückkam und erzählte, wie es den Menschen dort ging, zuckte Gerda zusammen und dankte ihren Göttern und Ahnen, dass es ihnen hier noch recht gut ging. Hunger, Entbehrung und Not waren nun das tägliche Los der Bewohner der Umgebung. Früher war es zwar nicht viel anders gewesen, doch nun waren es viel mehr Menschen hier, die am Hungertuch nagten und fortzogen, wann immer es ihnen möglich war.

Zumindest waren sie hier sicher vor den fremden Reitern. Doch ähnlich wie bei Claudia hatte sich auch bei Gerda die Angst tief in ihr Gedächtnis eingebrannt. Es war mehr so eine Art von unbewusster Angst, die sich immer dann zeigte, wenn eine Rauchfahne am Horizont zu sehen war. Dann dachte sie an den Staub, der durch die tausenden Hufe der Pferde damals aufgewirbelt worden war und obwohl es ihr doch dort bei Tengus im Zelt noch vergleichsweise gut gegangen war, so hatte sie doch Angst vor dem, was da vielleicht kommen würde. Die Angst vor Archus und davor, wie er sie damals angesehen hatte, kurz bevor der weiße Wolf sie gerettet hatte.

Diesem Mann wollte sie nie wieder begegnen und sie hoffte, dass sie hier, so weit im Norden, vor ihm und seinen Reitern sicher sein würde. Wieder sauste Tengus an ihr vorbei, er versuchte eine Libelle zu fangen und riss sie damit aus ihren trüben Gedanken. Lächelnd sah sie ihm nach.

24. Kapitel

Ein schweres Erbe

Tengus war nun acht Jahre alt. Ein jeder, der ihn sah, zuckte vor Angst zurück. Er sah genauso aus wie sein Vater, den er nie hatte kennen lernen können. In einer Zeit, in der alles Fremde sofort als Gefahr wahrgenommen wurde und ein jeder die raubenden und plündernden Banden der Reiter, zumindest vom Hörensagen her, kannte, war sein Aussehen ein wirklich schweres Erbe für das Kind. Keines der Kinder aus den anderen Dörfern wollte mit ihm spielen. Dazu kam natürlich noch, dass er mit seiner Mutter Gerda und Karola in der Hütte im Moor lebte.

Das war zwar ein toller Spielplatz für einen Jungen, aber doch ziemlich einsam und menschenleer. Und genau wegen seines Aussehens ließ ihn Gerda nie alleine irgendwo hin. Er kannte zwar im Sumpf jeden Stein und Busch, er hätte sich blind im Dunkeln zur Hütte gefunden, doch die Mutter passte auf ihn auf. In dieser Zeit der Gewalt konnte ein Kind schnell ums Leben kommen und sie hatte die Aufgabe übernommen, ihm alles beizubringen, was sein Vater ihr übertragen hatte. Und wie jede Mutter liebte sie ihr Kind abgöttisch. Nichts und niemand durfte ihm zu nahe kommen.

Von klein auf hatte Gerda ihm alles das beigebracht, was sie von Tengus erfahren hatte. So wie er es ihr an seinem Sterbetag übergeben hatte, so war es geschehen und nun konnte sie ihn in den Augen ihres Sohnes sehen. Die Weisheit der Ahnen steckte auch in ihm. Der Junge lernte von Gerda und Karola das Wissen zweier Kulturen und erlernte auch die Dinge, die sich zwischen den Welten abspielten. Auch das war ein schweres Erbe für ein kleines Kind. Während andere unbeschwert spielten, wusste er Dinge, die sonst keiner erkannte.

Oft sah er auch den weißen Wolf, aber nie kam er ihm so nahe, dass das Tier sich von ihm streicheln ließ. Sorgsam aus der Distanz wurde er immer dann von dem Wolf beschützt, wenn Gerda nicht in seiner Nähe war. Die Tiere des Waldes und des Moores waren seinen liebsten Spielgefährten. Er saß auf der Moorinsel und schaute zu dem Raben auf, der sich gerade auf den Baum neben ihn setzte. Der Vogel nickte ihm zu und Tengus grüßte zurück. Ein Botschafter aus einer anderen Welt war bei ihm zu Gast. Nach einer kurzen inneren Zwiesprache rannte er zu der Hütte zurück. Er konnte schon seine Mutter davor stehen sehen und winkte ihr zu.

Karola trat vor die Hütte und auch sie winkte dem Jungen zu. Er war in all der Zeit für sie wie ein Sohn geworden, oder in Anbetracht ihres Alters eher wie ein Enkel. So lebten sie zu dritt und halfen sich gegenseitig, so gut sie es konnten.

Viele hundert Tagesmärsche weiter im Süden saß Claudia und schaute auf ihre Tochter, die im Garten der Villa um den kleinen Brunnen lief. Sie hatte sie Gerda genannt, so wie die Freundin, mit der sie einst im Norden gespielt hatte. Seit damals hatten die beiden keinen Kontakt mehr gehabt und wussten auch nicht, wie es der jeweils anderen ging und ob sie überhaupt noch am Leben war. Sie schaute nach Norden und dachte an die Zeit in ihrem Dorf.

Zur selben Zeit saß Gerda auf ihrer Bank vor der Hütte im Moor und schaute zur Sonne, die hoch am Himmel über ihr stand. Auch sie dachte an die Freundin von einst. Warum sie das gerade in diesem Augenblick machte, dass wusste sie nicht. Genau in diesem Moment kreuzten sich unbewusst die Blicke der beiden Frauen und die Beiden, die noch vor ein paar Jahren jeden Tag am Brunnen vor dem Haus geplaudert hatten, waren nun durch Gebirge und Flüsse voneinander getrennt. Doch sie waren sich in ihren Gedanken sehr nahe.

Beide waren nun glücklich. Sie hatten überlebt und ein kleines Glück gefunden. Aber sie lebten nun an völlig anderen Plätzen, als zuvor.

So war das oft in dieser Zeit des Umbruchs und des Wandel. Die Flucht vor Hunger und Gewalt riss Stämme und Familien auseinander und ließ sie sich in anderen Teile des Landes wieder ansässig werden. Tief in den Menschen blieb aber die Furcht vor allem Fremden und noch lange ließ der Ruf „Die Hunnen kommen!" bei jedem sofort das Blut in den Adern gefrieren.

ENDE

Zeitliche Einordnung der Handlung:

5800 Steinzeit

Anfang des Buches „**Schicha und der Clan des Bären**"

Ende des Buches „**Schicha und der Clan des Bären**"

5500 Steinzeit

400 –

387 die Kelten fallen in Rom ein

300 –

218 der karthagische Feldherr Hannibal überquert die Alpen

200 –

100 –

73 Flucht von Spartacus aus der Gladiatorenschule in Capua

71 Tod von Spartacus und Ende des Sklavenaufstandes

55 Expedition Caesars nach Britannien

44, 15. März, Kaiser Caesar wird in Rom ermordet

0 –

9 Niederlage des Feldherrn Varus gegen die Cherusker unter Arminius

34 Anfang des Buches „**Das Schwert des Gladiators**"

43 Beginn der Eroberung Südbritanniens

50 Colonia (heute Köln) wird zur Stadt erhoben

54 Nero wird römischer Kaiser

54 Anfang des Buches „**Die römische Münze**"

56 Ende des Buches „**Das Schwert des Gladiators**"

57 Anfang des Buches „**Die Tochter aus dem Wald**"

58 große Teile der Stadt Colonia brennen nieder

64 Brand Roms und daraufhin erste Christenverfolgung

68 Aufstände in Gallien und Spanien

68 Selbstmord Kaiser Neros

68 die Bataver, ein germanischer Stamm, erheben sich und belagern Colonia

70 die Stadt Colonia erhält eine acht Meter hohe Stadtmauer

75 Ende des Buches **„Die römische Münze"**

75 Ende des Buches **„Die Tochter aus dem Wald"**

79, 24. August, Ausbruch des Vesuvs und Untergang Pompejis

80 Einweihung des Kolosseums in Rom

85 wird Colonia die Hauptstadt der römischen Provinz Germania inferior

98 Trajan wird römischer Kaiser

100 –

161 Marc Aurel wird römischer Kaiser

200 –

300 –

306 Konstantin der Große wird römischer Kaiser

324 Konstantin bekennt sich zum Christentum und macht diese zur Staatsreligion

375 die Hunnen unterwerfen die Alanen und die Goten oder vertreiben diese aus ihren Siedlungsräumen

376 Anfang des Buches **„Sturm über den Stämmen"**

376 Flucht der Donaugoten vor den Hunnen und teilweise Aufnahme der Goten in das römische Reich

384 Ende des Buches **„Sturm über den Stämmen"**

400 –

406 Rheinübergang der Vandalen und Einfall in das römische Reich

407 die Vandalen und andere germanische Stämme ziehen plündernd durch Gallien

409 Weiterzug der Vandalen und Alanen nach Spanien

410, Ende August, Eroberung Roms durch die Westgoten

429 die Vandalen und Alanen setzen unter Geiserich von Spanien nach Afrika über

439 die Stadt Karthago fällt an die Vandalen

451 Feldzug des Hunnen Attila nach Gallien

452 die Hunnen fallen in Italien ein, ziehen sich aber bald wieder zurück

453 nach Attilas Tod zerbricht das Hunnenreich

455 Plünderung Roms durch die Vandalen unter Geiserich

500 –

700 –

764 Anfang des Buches **„In den finsteren Wäldern Sachsens"**

772, im Sommer, Zerstörung der Irminsul

772 Anfang der Sachsenkriege Karls des Großen

782 Blutgericht von Verden (Aller)

783, im Sommer, Gefechte mit Beteiligung sächsischer Frauen

785 Taufe Widukinds in der Königspfalz Attigny

787 die ersten Überfälle der Nordmänner auf Westeuropa finden statt

790 Überfälle der Nordmänner auf Schottland und Irland

792 letzte größere Erhebungen der Sachsen gegen die Franken

792 Zwangsdeportationen der Sachsen und Neuvergabe von sächsischem Land an fränkische Siedler

793 Überfall und Plünderung des Klosters Lindisfarne durch Nordmänner

795 Überfall von Wikingern auf das Kloster Iona in Irland

799 Beginn der Wikingerüberfälle auf das Frankenreich

796 Karls Belehrung durch seinen Berater Alkuin

797 mit dem Capitulare Saxonicum wurden die Sondergesetze gegen die Sachsen gelockert

800 –

800 Kaiserkrönung Karls des Großen

800 König Godfred von Dänemark gerät im kriegerische Konflikte mit Karl dem Großen

800 erste nordische Siedler treffen auf den Färöern und auf Island ein

800 unzählige Angriffe der Nordmänner auf die sächsischen Küsten

802 das sächsische Volksrecht (Lex Saxonum) wird verabschiedet

802 Ende des Buches „**In den finsteren Wäldern Sachsens**"

804 Ende der Sachsenkriege

805 Anfang des Buches „**Westwärts auf Drachenbooten**"

810 dänische Wikinger greifen wiederholt die friesische Küste an

814 Tod Karls des Großen

825 Ende des Buches „**Westwärts auf Drachenbooten**"

840 erste Überwinterung der Wikinger im Frankenreich

840 norwegische Nordmänner überfallen Irland und gründen Dublin

844 Überfälle der Nordmänner auf Spanien

845 Plünderungen von Hamburg und Paris durch die Wikinger

858 schwedische Wikinger gründen Kiew

889 Wanzleben wird erstmals als Haufendorf erwähnt

900 –

913 Herzog Heinrich von Sachsen stellt ein Ungarisches Heer bei Merseburg

926 Heinrich handelt mit den Ungarn einen zehnjährigen Waffenstillstand für Sachsen aus

937 Otto I. der Große, gründete das St.-Mauritius-Kloster in Magdeburg

938 die Ungarn ziehen erneut gegen die Sachsen

952 Anfang des Buches „**Der Gefolgsmann des Königs**"

955, 10. August, Schlacht gegen die Ungarn auf dem Lechfeld bei Augsburg

955 Otto beginnt einen großen Neubau des Doms zu Magdeburg

962, 2. Februar, Krönung Ottos zum Kaiser

968 Beginn des Baues der Burg Wanzleben

980 Ende des Buches „**Der Gefolgsmann des Königs**"

1000 –

1100 –

1142 Heinrich der Löwe wird Herzog von Sachsen

1143 Gründung Lübecks, der ersten deutschen Ostseestadt

1147 Anfang des Buches „**Im Zeichen des Löwen**"

1147 Wendenkreuzzug, dauert als Kreuzzug drei Monate

1152 Königskrönung von Friedrich Barbarossa in Aachen

1155 Kaiserkrönung Friedrich Barbarossas in Rom

1156 Besiedlungszug in Lommatzsch

1157 Gründung des deutschen Kaufmannsbundes

1159 Wiederaufbau Lübecks

1160 Anfang des Buches „**Kaperfahrt gegen die Hanse**"

1160 der slawische Burgwall Dobin, liegt am Schweriner See, wird zerstört

1160 Lübeck erhält das Soester Stadtrecht

1160 Gründung der Kaufmannshanse

1161 Vermittlung eines Handelsprivilegs an die Stadt Lübeck durch Heinrich den Löwen

1161 Gründung der Gotländischen Genossenschaft, als Vorstufe der Hanse

1162 Kloster Altzella, bei Nossen, wird gegründet

1163 Ende des Buches „**Im Zeichen des Löwen**"

1180 Heinrich verliert das Herzogtum Sachsen

1200 –

1200 Gründung des Petershofes in Novgorod als Außenstelle der Hanse

1200 Ende des Buches „**Kaperfahrt gegen die Hanse**"

1210 Anfang des Buches „**Die Sklavin des Sarazenen**"

1212 Kinderkreuzzug mit Ziel Jerusalem

1212 Friedrich II. wird König

1217 bis 1221 Fünfter Kreuzzug, Kreuzzug von Damiette in Ägypten

1220 Ende des Buches **„Die Sklavin des Sarazenen"**

1250 Anfang der Blütezeit der Städtehanse

1300 –

1307, 13. Oktober, Zerschlagung des Templerordens und Verhaftung aller Templer

1315 Beginn einer Hungersnot, die als „Der große Hunger" in zwei Jahren mit sintflutartigen Regenfällen, sehr kalten Wintern und vielen Überschwemmungen Millionen Menschen in Europa dahinrafft

1321 Anfang des Buches **„Frauenwege und Hexenpfade"**

1337 der hundertjährige Krieg zwischen England und Frankreich beginnt

1337 Ende des Buches **„Frauenwege und Hexenpfade"**

1340 der englische König Eduard III. fällt mit seinem Heer in Frankreich ein

1346 in der Schlacht von Crécy schlagen 8.000 englische Langbogenschützen die verbündeten europäischen und französischen Ritter vernichtend

1347 die Beulenpest erreicht die europäischen Häfen am Mittelmeer und breitete sich schnell überall aus

1356 mit der goldenen Bulle wird erstmalig festgeschrieben, dass der deutsche König durch Mehrheitswahl von sieben Kurfürsten bestimmt wird

1400 –

1431, 30. Mai, Jeanne d'Arc, die Jungfrau von Orléans, stirbt in Rouen auf dem Scheiterhaufen

1440 Johannes Gutenberg erfindet den Buchdruck mit beweglichen Lettern

1452, 15. April, Leonardo da Vinci wird in Anchiano bei Vinci geboren

1479 Anfang des Buches **„Nur ein Hexenleben..."**

1482 Johann Tetzel beginnt sein Theologiestudium in Leipzig

1486 der Dominikaner Heinrich Kramer veröffentlicht sein Traktat „Der Hexenhammer", lateinisch „Malleus Maleficarum"

1487 Ende des Buches **„Nur ein Hexenleben..."**

1492 Christoph Kolumbus erreicht die großen Antillen und entdeckt damit Amerika

1498 Vasco da Gama erreicht an Bord seiner Nau auf dem Seeweg um Afrika herum Indien

1500 –

1504 Johann Tetzel beginnt seine Tätigkeit im Ablasshandel

1517 Anfang des Buches **„Die Bruderschaft des Regenbogens"**

1517, 31. Oktober, Luther verkündet seine Thesen in Wittenberg

1518 Müntzer und Luther sind in Wittenberg

1520 Müntzer predigt in Zwickau

1522 das „Neue Testament" erscheint auf Deutsch

1523, zu Ostern, Katharina von Boras Flucht aus dem Kloster

1524 Bauern- und Handwerkeraufstände in Sachsen

1525, 15. Mai, Schlacht bei Bad Frankenhausen

1525, 27. Mai, Müntzer wird in Mühlhausen enthauptet

1525, 27. Juni, Heirat Luthers mit Katharina von Bora

1525, im Dezember, Kloster Buch wird geschlossen

1526 Niederschlagung der letzten Bauernaufstände

1527 Ende des Buches **„Die Bruderschaft des Regenbogens"**

1530 Reichstag zu Augsburg beschließt die Duldung des Evangelischen Glaubens

1534 die gesamte Bibel ist nun auf Deutsch

1600 –

1618, 23. Mai, Fenstersturz zu Prag

1618 Anfang des dreißigjährigen Krieges

1620, 08. November, Schlacht am Weißen Berg bei Prag

1630 Anfang des Buches **„Im Schein der Hexenfeuer"**

1631 Eintritt Sachsens in den dreißigjährigen Krieg

1631, 10. Mai, Verwüstung der Stadt Magdeburg durch kaiserliche Truppen

1631 Anfang des Buches **„Die Räubermühle"**

1632 die Pest wütet in Sachsen

1632, 16. November, Schlacht bei Lützen

1634, 25. Februar, Albrecht von Wallenstein wird in Eger ermordet

1634 Ende des Buches „Die Räubermühle"

1639 schwedische Truppen brennen Dresden teilweise nieder

1641 nochmalige Zerstörung Dresdens durch die Schweden

1648 der „Westfälischer Friede" wird geschlossen

1648, 24. Oktober, Ende des dreißigjährigen Krieges

1650 Ende des Buches „Im Schein der Hexenfeuer"

1694 Friedrich August I. wird unerwartet neuer Herzog und Kurfürst von Sachsen

1697, 15. September, Friedrich August I. wird in Krakau zum polnischen König gekrönt

1700 –

1710 Anfang des Buches „Anna und der Kurfürst"

1712 Thomas Newcomen konstruiert die erste verwendbare Dampfmaschine

1715 Ende der „Kleinen Eiszeit", einer Periode relativ kühlen Klimas mit besonders kalten Zeitabschnitten seit 1675

1715 Ende des Buches „Anna und der Kurfürst"

1756 bis 1763 der Siebenjährige Krieg tobt in Mitteleuropa

1776 Gründung der Vereinigten Staaten von Amerika mit der Unabhängigkeitserklärung

1789, 14. Juli, Beginn der französischen Revolution in Paris

1793 Beginn des Interventionskriegs gegen Napoleon, an dem auch Sachsen teilnahm

1794 die Gesellen streiken in Dresden

1796 der Interventionskrieg endet mit einer Niederlage für die preußischen, österreichischen und sächsischen Verbündeten

1800 –

1800 Anfang des Buches „Der russische Dolch"

1806 Preußen und Russland verbünden sich gegen Napoleon. Sachsen schließt sich ihnen an

1806 Krieg der Verbündeten gegen Napoleon

1806, 14. Oktober, Schlacht bei Jena und Auerstedt, die Verbündeten werden von Napoleon vernichtend geschlagen

1806, 20. Dezember, das Kurfürstentum Sachsen tritt dem Rheinbund bei und wird durch Napoleon zum Königreich

1812 von Sachsen aus beginnt der Feldzug gegen Russland. Sachsen ist mit 21.000 Mann daran beteiligt

1812, 23. Juni, Napoleon überquert mit seinem Heer die Mehmel

1812, 17. August, Schlacht um Smolensk

1812, 7. September, Schlacht von Borodino

1812, 14. September, Napoleon rückt in Moskau ein

1812, 13. Oktober, Napoleon beschließt den Rückzug

1812, 3. November, Schlacht bei Wjasma.

1812, 26. bis 28. November, Schlacht an der Beresina

1812, 14. Dezember, Kaiser Napoleon macht, seinen Truppen auf dem Rückzug aus Russland vorauseilend, in Dresden Station

1813, 2. Mai, Schlacht bei Großgörschen, Sieg Napoleons gegen Russen und Preußen

1813, 20. und 21. Mai, Schlacht bei Bautzen, weiterer Sieg Napoleons gegen Russen und Preußen

1813, 26. und 27. August, Schlacht bei Dresden, Napoleon errang seinen letzten Sieg auf deutschem Boden

1813, 16. bis 19. Oktober, Die Völkerschlacht bei Leipzig brachte Napoleon eine verheerende Niederlage. Die sächsischen Truppen liefen zu den russischen und preußischen Truppen über

1813, 11. November, die belagerte Festungsstadt Dresden kapituliert

1815, 18. Juni, Schlacht bei Waterloo

1815 Ende des Buches „Der russische Dolch"

1900 –

Von Uwe Goeritz ebenfalls beim Verlag BoD erschienen (BoD – Books on Demand, Norderstedt, nähere Informationen finden Sie unter www.BoD.de)

„Schicha und der Clan des Bären"
die ISBN lautet 978-3-7386-0262-3

„Diese Geschichte spielt in der Steinzeit, als unsere Vorfahren dazu übergingen sesshaft an einem Platz zu leben. Es war der Beginn der Siedlungen, von Viehhaltung und gezieltem Anbau von Pflanzen. Die Schwierigkeiten der ersten Siedler und die Gefahren in ihrer Umwelt werden deutlich gemacht."

108 Seiten für 7,90 Euro

„In den finsteren Wäldern Sachsens"
die ISBN lautet 978-3-7357-7982-3

„Diese Geschichte spielt von 764 bis 802 in den Völkern der Sachsen und Franken. Matthias, ein Franke, und Thorsten, ein Sachse, haben beide ihre Familien in den Sachsenkriegen verloren. Nach kämpfen gegeneinander werden sie Freunde und müssen sich den täglichen Anforderungen des Lebens stellen. Im Kontext des Krieges von Karl dem Großen gegen die Sachsen muss sich ihre Freundschaft bewähren wenn Frieden zwischen den Völkern herrschen soll."

108 Seiten für 7,90 Euro

„Der Gefolgsmann des Königs"
die ISBN lautet: 978-3-7357-2281-2

„Die Geschichte spielt um das Jahr 950 im Volke der Sachsen in der Nähe des heutigen Magdeburg. Berthold ist als Oberhaupt nach dem Tod seines Vaters für die Geschicke des Dorfes verantwortlich. Zusammen mit seiner Frau Johanna, seinen Brüdern, seiner Heilkundigen Schwester Edith und den anderen Bewohnern im Dorf bewältigt er die täglichen Herausforderungen des Lebens in einer Zeit in der das Christentum und die Einigkeit des deutschen Volkes noch ganz am Anfang stehen. Als König Otto zum Kampf gegen die Ungarn ruft, werden Berthold und die Seinen auf eine harte Probe gestellt."

116 Seiten für 7,90 Euro

„Im Zeichen des Löwen"
die ISBN lautet: 978-3-7347-5911-6

„Die Geschichte spielt von 1147 bis 1163 im Volke der Sachsen in einem kleinen Dorf. Wolfgang und Heinrich kennen sich seit Kindertagen doch nun ist einer der Herzog und der andere ein Bauer. Kann ihre Freundschaft diese Kluft überbrücken?

Wolfgang erwirbt sich in den vielen Kämpfen das Vertrauen seines Herzogs und darf das Banner mit dem Löwen im Kampf führen doch der Kampf gegen das Volk der Slawen stellt diese Freundschaft auf immer neue Bewährungsproben. Kann Wolfgang, als halber Slawe, den Kampf gegen das Brudervolk mit seinem Gewissen vereinbaren?

Zusammen mit Karl ist er als Oberhaupt für die Geschicke des Dorfes verantwortlich. Mit seiner Frau Gisela, seinen Bruder Siegfried und den anderen Bewohnern im Dorf bewältigt er die täglichen Herausforderungen des Lebens in einer Zeit als aus dem Dorf langsam eine kleine Stadt wird."

116 Seiten für 7,90 Euro

„Kaperfahrt gegen die Hanse"
die ISBN lautet: 978-3-7386-2392-5

„Norddeutschland, Ende des 12 Jahrhunderts. Diese Geschichte handelt von 1160 bis 1200 zu Beginn der Hanse in einem kleinen Dorf an den Ufern der Ostsee. Eine kleine Gruppe von Fischern beginnt einen Kampf gegen die Übermächtig erscheinende Verbindung zwischen Kaufleuten der Hanse und den lokalen Fürsten.

Immer schlimmer werden sie ausgepresst, damit ihr Fürst Handel treiben kann. Unter Ausnutzung des Aberglaubens der Seemänner gelingt es ihnen, einen Teil des erpressten Eigentums zurück zu holen und unter der Bevölkerung zu verteilen.

Wie lange können sie aber der übermächtigen Allianz und der Macht des neuen Städtebundes widerstehen?"

108 Seiten für 7,90 Euro

„Die Bruderschaft des Regenbogens"
die ISBN lautet: 978-3-7386-5136-2

„Sachsen zu Beginn des 16. Jahrhunderts. Als Kind ist Thomas in das Kloster eingetreten, doch im Laufe der Zeit kommt er immer mehr in den Konflikt mit der Kirche. Sein Zusammentreffen mit Müntzer und Luther führt bei ihm auch zu einer inneren Reformnation. Hin- und Hergerissen zwischen den Ansichten dieser beiden Prediger ergreift er Partei für die Bauern, aus deren Stand auch er einst kam. Nach der Niederschlagung der Bauernaufstände muss er sich entscheiden, wie sein Lebensweg weiter gehen soll."

112 Seiten für 7,90 Euro

„Im Schein der Hexenfeuer"
die ISBN lautet: 978-3-7347-7925-1

„Diese Geschichte handelt in den Jahren 1630 bis 1650 in einer kleinen Stadt in Sachsen. Johanna hat in den Wirren des dreißigjährigen Krieges schon zweimal ihre Familie verloren. Als Frau eines Kaufmannes gerät sie in einen Hexenprozess, den sie nur mit viel Glück und der Hilfe ihres Mannes überlebt. Nach diesem Prozess arbeitet sie weiter mit Kräutern und versucht den Menschen zu helfen, so gut sie es kann. Im alltäglichen Leben werden ihre Fähigkeiten immer wieder gefordert und sie muss jeden Tag beweisen, dass sie eine starke Frau ist."

112 Seiten für 7,90 Euro

„Die Räubermühle"
die ISBN lautet: 978-3-8482-0893-7

„Sachsen in den Jahren des dreißigjährigen Krieges. Von 1631 bis 1648 wütete auch in Sachsen der blutigste Krieg, den die Menschheit bis dahin gesehen hatte. Bis zu 80 Prozent der Bevölkerung kamen durch Not, Krankheiten, Hunger, Gewalt und Krieg ums Leben. Ganze Landstriche wurden entvölkert und niedergebrannt. Diese Erinnerungen haben sich tief in das kollektive Unterbewusstsein eingebrannt.

Dies ist die Geschichte von einer kleinen Gruppe Männer, die auf der Flucht aus dem Heer nicht, wie alle anderen, marodierend und raubend umherziehen wollten, sondern die erkannt haben, wem sie helfen wollen und von wem sie es nehmen sollen. Traumatisiert durch die Ereignisse des Sterbens und Tötens wollen sie der Gewalt ein Ende setzen. Doch wie? In einer Zeit der Gewalt kann selbst der friedfertigste nicht ganz auf Gewalt verzichten.

Durch die Nutzung des Aberglaubens der Bevölkerung gelingt es ihnen, unerkannt in einer Mühle Unterschlupf zu finden. In diesem neuen Buch wird der Leser in die Zeit der Umbruches entführt, eine Zeit, in der die Ritter nicht mehr den Ton angeben und ein erstarkendes Volk langsam beginnt, sich auf sich selbst zu besinnen und sein Glück selbst in die Hand nimmt."

112 Seiten für 7,90 Euro

„Der russische Dolch"
die ISBN lautet: 978-3-7412-3828-4

„Sachsen in den Jahren des napoleonischen Krieges in Europa. Diese Geschichte handelt von der Freundschaft zweier Männer in den Jahren 1800 bis 1815. Peter, ein Sachse, und Pjotr, ein Russe, treffen sich in der Kindheit und begegnen sich im großen Krieg Napoleons gegen Russland 1812 wieder.

In diesem Krieg, den Napoleon gegen ein ganzes Volk führte, stehen sie auf unterschiedlichen Seiten der Kämpfe. Ein Sommer und ein Winter, mit einem Krieg, der sich tief in die Erinnerung der europäischen Völker eingebrannt hat. Durch Not, Krankheiten, Hunger, Gewalt und Krieg wurden ganze Landstriche in Russland entvölkert sowie niedergebrannt. Millionen Menschen auf beiden Seiten starben.

Dies ist die Geschichte von einer ungewöhnlichen Freundschaft, die durch den Krieg auf eine harte Probe gestellt wird. Traumatisiert durch die Ereignisse des Sterbens und Tötens versuchen sie beide dennoch Menschen zu bleiben, in einer Zeit, in der ein Menschenleben nicht viel wert war."

116 Seiten für 7,90 Euro

„Das Schwert des Gladiators"
die ISBN lautet: 978-3-7412-9042-8

„Diese Geschichte spielt im Grenzgebiet zwischen römischen Reich und Germanien, sowie auch in Rom, in der Mitte des ersten Jahrhunderts unserer Zeitrechnung. Viele germanische Männer waren in dieser Zeit willkommene Verbündete und Kämpfer in den römischen Legionen.

Oft schon als Kinder von ihren Vätern zur Ausbildung nach Rom geschickt oder von den Römern als Geiseln genommen, lernten sie das Leben in der Zivilisation kennen und schätzen. Auch als Gladiatoren waren sie berühmt wegen ihres Körperbaues und ihrer Kraft.

Trotz der Annehmlichkeiten des Lebens in Rom entschlossen sich viele, wieder in die Heimat zurück zu kehren. Denn auf der einen Seite hatten sie das freie Land der Stämme, in dem ein jeder gleich war, und auf der anderen Seite das römische Reich, das seine Stärke auch auf den Schultern von unfreien Sklaven aufbaute.

Der Leser wird in die Welt des römischen Kaiserreiches mit seinen Kämpfern, Bürgern, Händlern und Sklaven entführt."

116 Seiten für 7,90 Euro

„Frauenwege und Hexenpfade"
die ISBN lautet: 978-3-7448-3364-6

„Anfang des 14. Jahrhunderts brach über Europa eine kleine und viele hundert Jahre anhaltende Eiszeit herein. Nach den warmen Jahrhunderten zuvor kam nun eine Zeit des Hungers und der Unwetter. Unruhen und Krankheiten dezimierten die Bevölkerung Mitteleuropas in einem nie zuvor gekannten Maß.

Diese Geschichte handelt in der Zeit von 1321 bis 1337 und erzählt vom harten Wege dreier unterschiedlicher Frauen. Karola, die Nonne, Maria, die Bäuerin und Bärlinde, die freie Frau aus dem Wald, treffen in dieser Zeit zusammen. Sie vereinigen ihre Kräfte und Fähigkeiten. Sie helfen sich gegenseitig und versuchen anderen Frauen beizustehen. Immer in der Gefahr, als Hexen verbrannt zu werden."

116 Seiten für 7,90 Euro

„Die Sklavin des Sarazenen"
die ISBN lautet: 978-3-7448-5151-0

„Es ist Anfang des 13. Jahrhunderts. Johanna, die Heldin dieser Geschichte, bricht mit tausenden Anderen auf, zu einem Kreuzzug, um das Himmelreich zu gewinnen und das Grab Jesu von den Sarazenen zu befreien. Doch statt den Himmel zu erobern gewinnt die Dreizehnjährige die Hölle der Sklaverei in Ägypten. Bedingungslos den Sarazenen ausgeliefert, schwebt sie jeden Tag zwischen Leben und Tod.

Wird sie jemals die Heimat wieder sehen und kann eine verbotene Liebe Johanna retten? Oder wird diese ihr Leben fordern..."

308 Seiten für 9,90 Euro

„Die Tochter aus dem Wald"
ISBN lautet: 978-3-7448-9330-5

„Diese Geschichte spielt im Grenzgebiet zwischen römischen Reich und Germanien, sowie in den Städten, die dort gegründet wurden, in der Mitte des ersten Jahrhunderts unserer Zeitrechnung. Viele germanische Männer und Frauen waren von den Annehmlichkeiten der Zivilisation angetan und wollten dort nicht mehr weg, wenn sie diese erst einmal erkannt hatten. Oft schon als Kinder von den Römern als Geiseln genommen, lernten sie das Leben in der Zivilisation kennen und schätzen.

Trotz der Annehmlichkeiten des Lebens in Rom gab es dort auch die Kehrseite der Zivilisation zu erleben. Frauen und Sklaven hatten keinerlei Rechte. Im Gegensatz zu den germanischen Stämmen, wo es keine Sklaven gab und die Frauen den Männern rechtlich fast gleichgestellt waren. So lebten sie immer mit dem Blick auf die andere Seite des Limes oder der Flüsse, auf dem das wilde und unzivilisierte, jedoch freie Land ihrer Ahnen lag."

116 Seiten für 7,90 Euro

„Anna und der Kurfürst"
ISBN lautet: 978-3-7448-8200-2

„Es ist das Jahr 1710. Nach einer abenteuerlichen und gefährlichen Reise erreicht die siebzehnjährige Gräfin Anna Maria von Hohen-feld die sächsische Hauptstadt Dresden, wo sie die Hochzeit der Schwester vorbereiten soll, doch sie verliebt sich ausgerechnet in den Bräutigam. Kann diese Liebe wahr werden? Und was hat der Kurfürst Friedrich August I. von Sachsen damit zu tun?

Ein Abenteuer folgt dem Nächsten in der großen Stadt, für die junge Gräfin vom Lande."

312 Seiten für 9,90 Euro

„Westwärts auf Drachenbooten"

ISBN lautet: 978-3-7460-7871-7

„Unmittelbar nach dem Ende der Sachsenkriege Karls des Großen brach mit den Nordmännern eine neue Gefahr über die Sachsen herein. Unsere Ansichten und Vorstellungen von den Wikingern sind durch die Kirchen geprägt, die diese Seefahrer überfielen und beraubten. Nicht alle von ihnen waren so wilde Kerle, wie es uns die Geschichtsschreibung erzählen wollte.

In den Zeiten nach 800 überfielen die, meist jungen, Männer die Küsten des umliegenden Meeres und plünderten alles, was sie bekommen konnten. Gold, Menschen, Güter des täglichen Lebens. Alles was sie mit ihren Schiffen transportieren konnten. Ihre Frauen und Kinder blieben dabei in ihren nördlichen Ländern zurück.

Diese Geschichte handelt von zwei geraubten sächsischen Kindern, die in der Fremde unter den Nordmännern versuchten zu überleben. Können sich die Beiden anpassen oder werden sie im Dunkel der Geschichte verschlungen werden? Werden sie jemals ihre Heimat wieder sehen?"

120 Seiten für 7,90 Euro

„Nur ein Hexenleben ..."

ISBN lautet: 978-3-7460-7399-6

„Eine einzige Zeile aus einem der ältesten Bücher der Welt hat so vielen den Tod gebracht. In der Bibel, im 2. Buch Mose steht „Eine Hexe sollst du nicht am Leben lassen." Und zum Ende des 15. Jahrhunderts wurde diese Zeile für tausende Menschen zum Todesurteil.

Im Jahre 1486 entstand das Traktat „Der Hexenhammer" oder auch „Malleus Maleficarum" des Domininkanermönches Heinrich Kramer. Dieses Buch, eine Anleitung zum Finden und Auslöschen von Hexen, sollte in den folgenden dreihundert Jahren zehntausende unschuldige Leben fordern, die als Hexen oder Zauberer verbrannt wurden. Quer durch alle Bevölkerungsschichten hindurch wurden, aus einer immer weiter um sich greifenden Hysterie heraus, Männer, Frauen und Kinder grausam hingerichtet. War die Kirche zuvor noch gegen die Verfolgung der Hexen gewesen, so setzte sie nun die Inquisition auf die vermeintlichen Ketzer an. Unter der Folter gestanden viele, ohne jemals etwas Unrechtes getan zu haben.

Johannas Mutter war eine dieser Frauen, unschuldig fand sie den Tod und nun muss das Mädchen versuchen sich in einer Welt zurecht zu finden, die auch ihr nach dem Leben trachtet. Kann sie den Flammen entkommen?"

312 Seiten für 9,90 Euro

122

Aktuelle Informationen und Neuerscheinungen finden sie immer im Internet unter:

www.Goeritz-Netz.de